LIDAI SONGZHUMEI
SHIXUAN ZHU

代松竹梅诗选注

本书编写组◎编

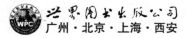

世界图书出版公司

广州·北京·上海·西安

图书在版编目（ＣＩＰ）数据

历代松竹梅诗选注／刘德奉选注．—广州：世界
图书出版广东有限公司，2012.8（2024.2 重印）
ISBN 978-7-5100-4196-9

Ⅰ．①历… Ⅱ．①刘… Ⅲ．①古典诗歌—注释—中国
Ⅳ．① I222

中国版本图书馆 CIP 数据核字（2012）第 151705 号

书　　　名	历代松竹梅诗选注
	LIDAI SONGZHUMEI SHIXUANZHU
编　　　者	刘德奉
责任编辑	王　红
装帧设计	三棵树设计工作组
出版发行	世界图书出版有限公司　世界图书出版广东有限公司
地　　　址	广州市海珠区新港西路大江冲 25 号
邮　　　编	510300
电　　　话	020-84452179
网　　　址	http://www.gdst.com.cn
邮　　　箱	wpc_gdst@163.com
经　　　销	新华书店
印　　　刷	唐山富达印务有限公司
开　　　本	787mm×1092mm　1/16
印　　　张	12.25
字　　　数	160 千字
版　　　次	2012 年 8 月第 1 版　2024 年 2 月第 10 次印刷
国际书号	ISBN 978-7-5100-4196-9
定　　　价	59.80 元

CONTENTS 目录

1

3

品味松竹梅（代序）

　　松、竹、梅，这三种植物在大千世界中确属平常，在普通不过了。

　　小时候放学之后常爬上树梢，砍下松枝，用作柴火，但从未听说过用诗赞其美。那竹，司马迁曾言："渭川千亩竹"，然而现在的渭川却少竹，不知是司马迁的记述有误，还是由于两千年来生态环境的变迁，却把竹从关中平原移到了巴渝大地，栽到了我的家门，真是"门对千竿竹"，只可惜当时不能"家藏万卷书"，所以，天天与竹相见、天天把竹派上用场，却也不知有写竹的诗。至于梅花，在我小时的记忆中，那只是极为珍稀的物种，不曾见过，更不曾知有梅诗。至长，工作、读书、从游，乃知其松竹梅有诗、有词、有文、有轶闻趣事，有岁寒三友之称。

　　不知从何时开始，竟爱上松竹梅诗来，常读、常抄、常收集，至今已存不少。歌咏之余，感慨良多，最让人留下深深印象且受益匪浅的是对其高尚品格的歌颂。它们经岁寒、存傲骨，不论生存环境多么恶劣，不论处于优势还是劣势，终不改其性，终不折其腰，终不入其俗。在诗人的笔中它们是"孤标百尺雪中见，长啸一声风里闻"（唐李山甫），"此松天格高，耸异千万重"（唐孟郊），"凌霜尽节无人见，终日虚心待凤来"（唐韩溉），"无意苦争春，一任群芳妒"（宋陆游），"含情最耐风霜苦，不作人间第二花"（清罗泽迁），"清香犹有名人赏，不与夭桃一例娇"（清秋瑾）。总之，历览前贤诗作，无不慕其品质，赏其性格。

　　诗人们不仅仅只是对松竹梅本身大加赞美，而且从心底里发出对它们的敬爱，以对草木的崇敬表达自己的精神追求与做人品格。"为草当作兰，为木当作松。"这简简单单的十个字，通俗易懂的两句诗后面，难道不能看出唐朝诗人李白为人桀骜不驯，连杨贵妃都敢用诗讽喻的个人品格吗？清朝诗人郑燮既是官、又是诗人、还是画家，

他为官时间不长，可写的竹诗、作的竹画真是不少，在他的诗作画作中竹这个题目占有了相当比重和分量，几乎成了诗作画作的主题。然而，写诗不为扬名、画竹不为获利，而是真正体现在"衙斋卧听萧萧竹，疑是民间疾苦声，些小吾曹州县吏，一枝一叶总关情"，体现在"千磨万击还坚劲，任尔东西南北风"，为官要关心百姓疾苦，为人要正直不阿，这是郑燮的自画像。

松竹梅的品格影响着诗家、官宦，同时也影响着一般贫民，就是连卖松树苗的百姓亦都不流其世俗，他们从心底里就不为扬其名。不是吗？难道你从荒山野岭采来的松苗不卖给贪官污吏、不卖给纨绔子弟、不卖给翠楼青人就会得到人们称颂，说实在话，若不是几首小诗，谁也不会想到连卖松苗的贫民百姓也有如此高尚的品格。唐朝诗人白居易说"不卖非他意，城中无地栽。"同朝诗人于武陵写道："欲将寒涧树，卖与翠楼人——长安重桃李，徒染六街尘。"同朝诗人修睦发现卖松者的心态是"知君用心错，举世重花开"。

松竹梅的种类繁多，姿态各异，传说丰富，如老松、小松、苍松、孤松、涧底松、岭上松、岩间松、五大夫松，翠竹、毛竹、池边竹、山间竹、庭中竹、湘妃竹，春梅、腊梅、红梅、新梅、枯梅、赏梅、评梅、忆梅、江滨梅、竹里梅者，应有尽有，可以让你品赏个够，但诗人无不赋予它们高尚的品格。唐朝诗人杜荀鹤对小松的赞美是"时人不识凌云木，直待凌云始道高"。特别是对民间传说的评说，有几句诗不可不提。如对五大夫松的品评，没有一个诗人不含贬意，唐朝诗人陆畅就认为"人生不得如松树，却遇秦封作大夫"。同朝诗人徐夤也写道"争如涧底凌霜节，不受秦皇乱世官"。传说秦始皇到泰山祭祀，返回时遇雨，栖之松下，遂封该松为"五大夫"，诗人们对帝王权力的滥用表示着极度的不满。还有对湘妃竹的描写，也是对舜帝优秀品格的颂扬，"斑竹枝，斑竹枝，泪痕点点寄相思"（唐刘禹锡），"万古湘江竹，无穷奈怨何，年年长春笋，只是泪痕多"（唐

施肩吾），"血染斑斑成锦文，昔年遗恨至今存。分明知是湘妃泪，何忍将身卧泪痕"（唐杜牧）。细品这些诗，再联想到湘妃啼血般对舜帝的深情爱恋，从心底深处感受到了作者的人性思想。

千百年来，无数画家通过笔墨挥洒松竹梅，颂其高尚品格，留下大量画作，同时也留下了大量题画诗。元代画家陶宗仪大胆豪放作梅时题道"似将篆籀纵横笔，铁线圈成个个花"。宋代画家马宋英画松画得非常精彩，难辨真假，所以也不自谦，在画作上题道"月明乌鹊误飞来，踏枝不着空飞去"。宋人刘延世爱竹、写竹，写到一定深度却也谦虚起来"毫端虽在手，难写淡精神"。元代大画家王冕最爱画梅，并且以此表白自己"不要人夸颜色好，只留清气满乾坤"。

松竹梅本属一般植物，随处可见，然而通过历代文人墨客的形象比喻、精心提炼、理性升华，其展现在我们面前的则是人性化的物种，性格高傲、品格正直，深受亲睐，历代帝王将相、文人学士，无不以此为荣、为雅，为体现居家、个人品性的象征。唐朝诗人白居易要亲自栽松，所以"小松未盈尺，心爱手自移"。同朝诗人元稹种竹的目的是"秋来苦相忆，种竹厅前看"。清朝诗人李棠可称竹痴，甚至迂腐，"釜内虽无粮，园中却有竹"。连肚子都填不饱，却还要追求精神享受。北宋诗人林逋最为爱梅，在杭州西湖孤岛终身与梅为伴，无不令人叹服。

不知是因为它们都生长在寒冬腊月，共同历风霜、饱雪浴，还是因为它们在凋零季节艰难地给人类带来春天希望的共同本质，所以，人们敬佩它们、赞赏它们，友善地称它们为"岁寒三友"。宋朝诗人楼钥写道："百卉千花皆面友，岁寒只见此三人。"清朝诗人爱新觉罗·晋昌深为松竹梅友情所感动，赞其曰"岁寒不改菁葱质，梅竹相将作晚盟"。难怪人们常说，人以群分，物以类聚。

2004 年 7 月

黄生曲（三首选一）①

【南朝】 乐府民歌

松柏叶青茜②，石榴花葳蕤③。
迮置前后事④，欢今定怜谁⑤。

注：
①黄生：诗中姑娘所爱之人。
②青茜：常青。
③葳蕤：艳丽貌。这里指石榴花开得鲜艳美丽。
④迮：同"乍"。迮置前后事：意即把具有松柏和石榴花不同性格的女性放在一起对比，松柏指姑娘自己。
⑤欢今定怜谁：今天你究竟喜欢哪一个。

饮 酒（二十首选一）

【南朝】 陶渊明

青松在东园①，众草没其姿。
凝霜殄异类②，卓然见高枝。
连林人不觉，独树众乃奇。
提壶挂寒柯③，远望时复为④。
吾生梦幻间，何事绁尘羁⑤。

注：
①东园：专种花木草丛之园。
②殄：灭尽。异类：对"众草"的贬词。
③柯：树枝。
④复为：反复。陶澍认为是此句的倒装，意即"时复为远望"。
⑤绁：绳索，栓。尘：尘世，俗世。羁：马络头，束缚。

赠王桂阳①

【南朝】 吴 均

松生数寸时，遂为草所没。
未见笼云心②，谁知负霜骨。
弱干可摧残，纤茎易凌忽③。
何当数千尺，为君覆明月④。

注：
①王桂阳：不详。
②笼：笼罩，遮掩。笼云心：喻有高远志向。
③纤茎：细小之杆。凌忽：凌辱，忽视。
④覆：遮盖，喻干一番大事业。

别 诗

【南朝】 张 融

白云山上尽，清风松下歇。
欲识离人悲，孤台见明月①。

注：
①孤台：喻离人所栖之地。

赠从弟（三首选一）①

【晋】 刘 桢

亭亭山上松，瑟瑟谷中风②。
风声一何盛③，松枝一何劲。
冰霜正惨凄，终岁常端正。
岂不罹凝寒④，松柏有本性。

注：
①从弟：堂弟。
②瑟瑟：风声。
③盛：盛大，强盛。
④罹：遭遇，遭受。凝寒：严寒。

咏 史（八首选一）

【晋】 左 思

郁郁涧底松，离离山上苗①。
以彼径寸茎，荫此百尺条②。
世胄蹑高位③，英俊沉下僚④。
地势使之然⑤，由来非一朝。
金张藉旧业⑥，七叶珥汉貂⑦。
冯公岂不伟⑧，白首不见招⑨。

注：
①离离：草垂貌。
②荫：遮盖。百尺条：高达百尺之树，喻树之高大。
③世胄：古代帝王和贵族的后代。蹑：居，登。
④下僚：下层之人。
⑤地势：以自然界草木所在位置之高低比喻社会地位之高低。
⑥金张：金乃汉时金日䃅之家，自武帝至平帝，七世为内侍；张乃汉时张汤之家，自宣帝、元帝以来，为侍中、中常侍者十余人，后人用金张代称功臣世族。
⑦七叶：七世。珥：插入；汉貂：汉时有的官员头上饰的貂尾。
⑧冯公：冯唐。汉安陵（今陕西省咸阳市东北）人，为官政绩突出，九十余岁时汉武帝嫌老不招用他。
⑨白首：指冯公年老时因嫌官职小而不应招。

长松标①

【南朝】 乐府民歌

落落千丈松，昼夜对长风。
岁暮霜雪时，寒苦与谁双②？

注：
①长松标：松大枝高。
②谁双：有成双成对之意。能与苦寒霜雪相比，喻其爱情坚贞。

风入松歌①

【唐】 皎 然

西岭松声落日秋，千枝万叶风飕飗②。
美人援琴弄成曲③，写得松间声断续。
声断续，清我魂，流波坏陵安足论④。
美人夜坐明月里，含少商兮照清徵⑤。
风何凄兮飘飗⑥，搅寒松兮又夜起⑦。
夜未央⑧，曲何长，徽更促⑨，声泱泱。
何人此时不得意，意苦弦悲闻客堂⑩。

注：
①风入松：古琴曲名，晋嵇康所作。《风入松歌》系乐府古题。
②飕飗：风声，溜溜作响。
③美人：指弹琴的友人，不一定指女子。
④流波：松涛；坏陵：毁坏山陵。此句即毁坏山陵的松涛也不值一提了。
⑤含：用；少商：琴之第七弦；照清徵：凄清悲凉的徵调，徵调表示更加凄凉。
⑥飘飗：飘括之意。
⑦搅寒松：松涛与寒松搅拌在一起。
⑧夜未央：指夜未尽，夜还长。
⑨徽：琴弦精美的绳子；泱泱：形容声音宏大。
⑩客堂：客人居所。指在外之人。

松

【唐】 李 峤

郁郁高岩表，森森幽涧陲。
鹤栖君子树①，风拂大夫枝②。
百尺条阴合，千年盖影披。
岁寒终不改，劲节幸君知③。

注：
①鹤栖：西京杂记云，东都龙兴观有古松树，枝偃倒垂，相传已有千年，常有白鹤飞止其间。君子树：松树有经岁寒、存傲骨之精神，喻人之君子也。
②大夫枝：秦始皇登泰山时遇疾风暴雨，躲雨松下，故封其树为五大夫松，此处指松树。
③劲节：松树风格，松树精神。

孤松篇

【唐】 刘希夷

蚕月桑叶青，莺时柳花白。

澹艳烟雨姿①，敷芬阳春陌②。

如何秋风起，零落从此始。

独有南涧松，不叹东流水。

玄阴天地冥③，皓雪朝夜零。

岂不罹寒暑④，为君留青青。

青青好颜色，落落任孤直。

群树遥相望，众草不敢逼。

灵龟卜真隐⑤，仙鸟宜栖息⑥。

耻受秦帝封⑦，愿言唐侯食。

寒山夜月明，山冷气清清。

凄兮归凤（风）集，吹之作琴声。

松子卧仙岭，寂听疑野心。

清冷有真曲，樵采无知音。

美人何时来，幽径委绿苔。

吁嗟深涧底，弃捐广厦材⑧。

注：

①澹艳：淡雅清丽。

②敷芬：发散香气；阳春：春天。

③玄：天青色；冥：晦暗之意。

④罹：经受、遭受。

⑤灵龟：神龟，有神灵或灵应之龟。

⑥仙鸟：此处指鹤，鹤有仙鹤之称，鹤常栖于松枝上。

⑦秦帝封：见前首诗中"大夫枝"注。

⑧弃捐：丢弃。

山行见孤松成咏

【唐】 康庭之

孤松郁山椒①，肃爽凌清霄②。
既挺千丈杆，亦生百尺条。
青青恒一色，落落非一朝。
大厦今已构，惜哉无人招。
寒霜十二月，枝叶独不凋。

注：
①山椒：山顶。
②清霄：天空。

石子松①

【唐】 储光羲

磐石青岩下，松生磐石中。
冬春无异色，朝暮有清风。
五鬣何人采②，西山旧两童。

注：
①石子松：石头山上之松。
②五鬣：五鬣松，又称五粒松，松的一种。因叶如马鬣且五粒，故称之。相传其叶可食，并能长生。

于五松山赠南陵常赞府①

【唐】 李 白

为草当作兰，为木当作松。

兰幽香风远，松寒不改容。

松兰相因依，萧艾从丰茸②。

鸡与鸡并食，鸾与鸾同枝。

栋珠去沙砾，但有珠相随。

远客投名贤，真堪写怀抱。

若惜方寸心，待谁可倾倒。

虞卿弃赵相③，便与魏齐行。

海上五百人，同日死田横④。

当时不好贤，岂传千古名。

愿君同心人，于我少留情。

寂寂还寂寂，出门迷所适。

长铗归来乎⑤，秋风思归客。

注：

①五松山：南陵县南五公里处；南陵，唐时隶江南西道宣州府（今安徽）；常赞：唐人呼县丞为赞府。

②萧艾：艾蒿，臭草；丰茸：繁密茂盛。

③虞卿：赵相；魏齐：赵平原君家丞。魏齐仍范君之仇敌，赵王使人索魏头，否则动兵围平原君家，魏深夜逃出奔虞卿处求救，虞卿说赵王不成，便弃相与魏一起出逃。

④田横：秦末，原齐贵族田横起事，自立为齐王。汉朝立，横率部500人逃亡海岛。高祖召之，横不欲臣服，于途中自杀，其部属闻之全部自杀于岛上。

⑤长铗：长剑。齐人冯谖贫苦不能生存，寄居孟尝君门下。因食无鱼、出无车，无以为家，三弹其剑铗，歌曰："长铗归来乎！"后来人在处境窘困时引而喻之。

戏韦偃为双松图歌①

【唐】 杜 甫

天下几人画古松？毕宏已老韦偃少②。

绝笔长风起纤末③，满堂动色嗟神妙。

两株惨裂苔藓皮④，屈铁交错回高枝⑤。

白摧朽骨龙虎死⑥，黑入太阴雷雨垂⑦。

松根胡僧憩寂寞⑧，庞眉皓首无住著⑨。

偏袒右肩露双脚，叶里松子僧前落。

韦侯韦侯数相见，我有一匹好东绢，

重之不减锦绣段⑩。

已令拂拭光凌乱⑪，请公放笔为直干⑫。

注：
①韦偃：京兆人，寓居于蜀。善山水，笔力劲健，风格高举。
②毕宏：天宝中御史，善画古松。
③绝笔：画成而搁笔；纤末：末梢，指运完最后一笔而迅速搁笔，干净利落。
④苔藓：隐花植物。无根，多生在墙垣、崖岩上或阴湿的地方。苔藓皮干后暴裂，此处指所画之松树皮如苔藓皮状。
⑤屈铁：枝曲而色黑。
⑥白摧：指绘画之枯淡处；朽骨龙虎：指画的松杆皮裂如此。
⑦黑入：指绘画之浓润处；太阴，树分阳阴，北面为阴，有极南为太阳，极北为太阴之说。
⑧胡僧：松下僧人。
⑨无住著：游僧。东绢：即鹅溪绢，出梓州盐亭县（今四川省盐亭县）。
⑩不减：不低于；锦绣段：一种高档丝织品。
⑪光凌乱：指东绢很好，辅在桌上光彩凌乱。
⑫放笔：纵笔；直干：画的松要求直杆无曲枝，韦之画松以屈曲见奇，直便难以工笔，且是大幅之作，更难也。

四 松

【唐】 杜 甫

四松初移时，大抵三尺强。
别来忽三载，离立如人长①。
会看根不拔②，莫计枝凋伤。
幽色幸秀发③，疏柯亦昂藏④。
所插小藩篱⑤，本亦有堤防⑥。
终然振拔损⑦，得吝千叶黄。
敢为故林主，黎庶⑧犹未康。
避贼今始归，春草满空堂。
览物叹衰谢，及兹慰凄凉。
清风为我起，洒面若微霜。
足以送老姿⑨，聊待偃盖张。
我生无根带，配尔亦茫茫。
有情且赋诗，事迹可两忘。
勿矜千载后⑩，惨澹蟠穹苍⑪。

注：
①离立：并立。即人与松相比。
②拔：牢固。
③秀发：青秀旺盛。
④昂藏：气度轩昂。
⑤藩篱：用竹子编成的篱笆或栅栏。
⑥堤防：防备，防护。
⑦振拔：碰撞，拨动。
⑧黎庶：黎民；康：安定。
⑨送老姿：伴我老时所娱，亦可解为以松作棺。
⑩勿矜：不知。
⑪惨澹：悲惨凄凉；蟠：小虫名。

冯韦少府班觅松树子栽①

【唐】 杜 甫

落落出群非榉柳②，青青不朽岂杨梅。
欲存老盖千年意③，为觅霜根数寸栽④。

注：
①冯韦少府班：即冯韦班,具体不详,时冯为涪江(今重庆市涪陵区)尉。
②榉柳：落叶乔木。
③老盖：相传松树千年之后树才能顶平偃盖。
④霜根：指松树苗。

严郑公阶下新松①

【唐】 杜 甫

弱质岂自负，移根方尔瞻②。
细声闻（侵）玉帐③，疏翠近珠帘。
未见紫烟集，虚蒙清露沾④。
何当一百丈，欹盖拥高檐⑤。

注：
①严郑：不详。
②瞻：观看，欣赏。
③玉帐：此指卧榻，意即松声传入卧榻。
④虚蒙：虚受之意。露沾：露水。
⑤高檐：建筑高大的房屋。

历代松竹梅诗选注 **15**

松下雪

【唐】 钱 起

虽因朔风至①，不向瑶台侧②。
唯助苦寒松，偏明后凋色③。

注：
①朔风：北风，寒风。
②瑶台：此处指雕饰华丽的楼台。
③凋色：衰落之色，此出指融化。

欹松漪①

【唐】 顾 况

湛湛碧涟漪②，老松欹侧卧③。
悠扬绿萝影④，下拂波纹破⑤。

注：
①欹：倾斜，歪斜；漪：微波。
②湛湛：清明澄澈之水；涟漪：水面微纹，微波。
③欹侧：倾斜，歪斜。
④萝：松萝，或云女萝。蔓生植物，色青灰，缘松柏或其他乔木而生，亦间有寄生石上者，枝体下垂如丝状。
⑤下拂：松萝摆动之貌。

千松岭

【唐】 顾 况

终日吟天风①，有时天籁止②。
问渠何旨意③，恐落凡人耳。

注：
①天风：风。风行天空，故称之。此处指松风。
②天籁：自然界的声响，如雷声、风声等。此处指松声。
③渠：它。指松。

松下雪

【唐】 习空曙

不随晴野尽①，独向深松积②。
落照入寒光③，偏能伴幽寂④。

注：
①晴野：晴朗的山野。尽：消融。
②深松：松林稠密之处。
③落照：夕阳。
④幽寂：幽雅寂静。

四望驿松①

【唐】 王 建

当初北涧别，直至此庭中。
何意闻鼙耳②，听君枝上风③。

注：
①四望驿：驿站地名。
②鼙：通"鞞"，此处指鞞鼓声。
③枝上风：松声，松风。

寄画松僧

【唐】 王 建

天香寺里古松僧①，不画枯松落石层②。
最爱临江两三树，水禽栖处解无藤③。

注：
①古松僧：以画松为特长的僧人。
②石层：石山，石岩。
③解无藤：没有枯藤绕树。

山翁持酒相访以画松酬之

【唐】刘商

白社风霜惊（逼）暮年①，铜瓶桑落慰秋天②。
怜君意厚留新画，不著松枝当酒钱③。

注：
①白社：隐士或隐士所居之处。此处指作者居处，刘商亦好神仙，炼金骨，暮年曾隐于义兴（今江苏宜兴县）。
②铜瓶：铜质酒器。桑落：桑落酒，古代美酒。
③著：画，作。当：换。

袁德师求画松①

【唐】刘商

柏偃松頫势自分②，森梢古意出浮云③。
如今眼暗画不得，旧有三株持赠君④。

注：
①袁德师：不详。
②柏偃：苍老的柏树；松頫（fǔ）：松树倾斜。
③森梢：高耸挺拔。
④三株：画有三株松树之画。

贡院楼北新栽小松①

【唐】 李正封

青苍初得地②，华省植来新③。
向带山中色，犹含洞里春。
近楼依北户，隐砌净游尘。
鹤寿应成盖④，龙形未有鳞⑤。
为梁资大厦，封爵耻嬴秦⑥。
幸此观光日，清风屡得亲。

注：
①贡院：科举时举行乡试或会试的场所。
②青苍：指小松。
③华省：清贵者的官署，此处指贡院。
④盖：同"老盖"、"偃盖"之意。
⑤龙形：指松杆之形。
⑥封爵：秦始皇因松为其避雨而封之为五大夫松。

戏题山居（二首选一）①

【唐】 陈 羽

云盖秋松幽洞近②，水穿危石乱山深③。
门前自有千竿竹，免向人家看竹林。

注：
①山居：住所或隐居之地。
②云盖：云层浮盖，指云之多。
③乱山：不规则之山。

商山临路有孤松 往来斫以为明 好事者怜之 编竹成援 遂其生植 感而赋诗

【唐】 柳宗元

孤松停翠盖①，托根临广路②。
不以险自防，遂为明所误。
幸逢仁惠意③，重此藩篱护④。
犹有半心存，时将承雨露。

注：
①翠盖：苍翠之松枝。
②托：托付。
③仁惠意：有仁义之心的人。
④藩篱：竹编之援。

古松感兴

【唐】 皇甫松

皇天后土力，使我向此生。
贵贱不我均，若为天地情。
我家世道德，旨意匡文明。
家集四百卷，独立天地经①。
寄言青松姿，岂羡朱权荣②。
昭昭大化光③，共此遗芳馨。

注：
①独立天地经：关于治理国家的书籍。
②朱权：权贵或权力。
③大化：宇宙，大自然。

衰松

【唐】孟 郊

近世交道衰①，青松落颜色。
人心忌孤直，木性随改易②。
既摧栖日干③，未展擎天力。
终是君子材，还思君子识④。

注：
①交道：交谊、交友之道。
②木性：木之本性。
③摧：至。
④思：需要。

罪 松①

【唐】 孟 郊

虽为青松姿，霜风何所宜。
二月天下树，绿于青松枝。
勿谓贤者喻，勿谓愚者规。
伊吕代封爵②，夷齐终身饥③。
彼曲既在斯，我正实在兹。
泾流合渭流④，清浊各自持⑤。
天令设四时，荣衰有常期。
荣合随时荣，衰合随时衰。
天令既不从，甚不敬天时。
松乃不臣木⑥，青青独何为。

注：
①罪松：有罪之松，自喻。
②伊吕：商伊尹辅商汤，西周吕尚佐周武王，皆有大功。
③夷齐：伯夷和叔齐的并称，为人高洁不随时事，终生饥寒。
④泾流：泾河，泾水。源于宁夏，注于陕西中部渭河；渭流：渭河，渭水。源于甘肃，经陕西关中东入黄河。
⑤清浊：泾水清渭水浊；各自持：泾水入渭水后清浊分明，汇而不混。
⑥不臣木：不规矩之木。喻自己有不随时事或不合朝庭之意。

品 松

【唐】 孟 郊

追悲谢灵运①，不得殊常封②。
纵然孔与颜③，亦莫及此松。
此松天格高④，耸异千万重。
抓拿巨灵手⑤，擘裂少室峰⑥。
擘裂风雨狞，抓拏指爪㾾⑦。
道入难抱心，学生易随踪。
时时数点仙，袅袅一线龙。
霏微岚浪际，游戏颢兴浓。
品松徒高高，雌鸣讵嗈嗈⑧。
赏异尚可贵，赏潜谁能容。
名华非典实⑨，翦弃徒纤茸⑩。
刻削大雅文⑪，所以不敢慵⑫。

注：
①谢灵运：南朝陈郡阳夏（今河南太康）人，以诗文擅名。
②殊常：异常，不同寻常。
③孔与颜：即孔子与其弟子颜渊，二人均有高尚品格。
④天格：天赋的品格。
⑤巨灵：巨大而强有力。
⑥擘裂：劈裂；少室峰：山峰名。
⑦㾾：均匀。
⑧嗈嗈：鸟鸣声。
⑨名华：名声与荣华。
⑩纤茸：纤细柔密。
⑪刻削：剪裁，删节。
⑫慵：懒惰。

松 树

【唐】 元 稹

华山高幢幢（憧憧），上有高高松。
株株遥各各①，叶叶相重重。
槐树夹道植，枝叶俱冥蒙②。
既无贞直杆，复有冒挂虫③。
何不种松树，使之摇清风。
秦时已曾种，憔悴种不供。
可怜孤松意，不与槐树同。
闲在高山顶，樛盘虬与龙④。
屈为大厦栋，庇荫侯与公。
不肯作行伍，俱在尘土中。

注：
①各各：布散样子。
②冥蒙：浓密样子。
③冒挂：缠绕悬挂。
④樛盘：曲折盘结。

画 松

【唐】 元 稹

张璪画古松①，往往得神骨。
翠帚扫春风②，枯龙戛寒月③。
流传画师辈，奇态尽埋没。
纤枝无萧洒，顽杆空突兀。
乃悟埃尘心，难状烟霄质④。
我去浙阳山⑤，深山看真物。

注：
①张璪：唐代画家，字文通，吴郡（今江苏省苏州市）人。
②翠帚：指松枝。
③枯龙：借喻松杆。
④烟霄质：具有凌霄的精神。
⑤浙阳山：山名，具体所在不详。

和"松树"①

【唐】 白居易

亭亭山上松②，一一生朝阳；
森耸上参天③，柯条百尺长。
漠漠尘中槐④，两两夹康庄⑤；
婆娑低复地，枝杆亦寻常。
八月白露降，槐叶次第黄。
岁暮满山雪，松色郁青苍。
彼如君子心，秉操惯冰霜。
如此小人面，变态随炎凉。

共知松胜槐，诚欲栽道傍。
粪土种瑶草⑥，瑶草终不芳。
尚可以斧劚⑦，伐之为栋梁。
杀身获其所，为君构明堂。
不然终天年，老死在南岗。
不愿亚枝叶，低随槐树行。

注：
①和"松树"：此乃和答诗十首之一，系元稹与白居易分别之后，
上任途中所作；元稹：唐代诗人。
②亭亭：高耸貌。
③森耸：高耸。
④漠漠：寂静无声。
⑤康庄：喻指心胸宽广。
⑥瑶草：传说中的香草。
⑦劚（zhú）：砍之意。

松 声

【唐】 白居易

月好好独坐，双松在前轩。
西南微风来，潜入枝叶间。
萧寥发为声，半夜明月前；
寒山飒飒雨，秋琴泠泠弦。
一闻涤炎暑①，再听破昏烦。
竟夕遂不寐，心体俱翛然②。
南陌车马动，西邻歌吹繁；
谁知兹檐下③，满耳不为喧？

注：
①涤：清除。
②翛（xiāo）然：超脱。
③兹：通"在"。

赠卖松者

【唐】 白居易

一束苍苍色，知从涧底来①；
斫掘经几日②，枝叶满尘埃。
不买非他意，城中无地栽！

注：
①涧底：喻深山之间。
②斫（zhuó）掘：采挖。

栽松二首

【唐】 白居易

小松未盈尺，心爱手自移。
苍然涧底色，云湿烟霏霏①。
栽植我年晚，长成君性迟。
如何过四十，种此数寸枝？
得见成荫否？人生七十稀②！

爱君抱晚节③，怜君含直文。
欲得朝朝见，阶前故种君。
知君死则已，不死会凌云！

注：
①霏霏：纷乱样子。
②七十稀：有"自古人生七十稀"句，喻人活七十者少也，难也。
③抱：同"保"。

玩松竹二首

【唐】 白居易

龙蛇隐大泽①，麋鹿游丰草；
栖凤安于梧，潜鱼乐于藻。
吾亦爱吾庐，庐中乐吾道。
前松后修竹，偃卧可终老②。
各附其所安，不知他物好。

坐爱前檐前，卧爱北窗北。
窗竹多好风，檐松有嘉色。
幽怀一以合③，俗念随缘息。
在尔虽无情，于予即有得。
乃知性相近，不必动与植。

注：
①大泽：大江大河。
②偃卧：仰卧，睡卧。
③幽怀：把内心的感情隐藏起来。

松 树

【唐】 白居易

白金换得青松树①，君既先栽我不栽。
幸有西风易凭仗②，夜深偷送好声来。

注：
①白金：古时对"银子"的一种称呼。
②幸有：正有。

松下琴赠客

【唐】 白居易

松寂风初定，琴清夜欲阑；
偶因群动息①，试拨一声看。
寡鹤当徽怨②，秋泉应指寒③。
惭君此倾听，本不为君弹。

注：
①群动：各种动物。息：停止。
②徽怨：微怨，轻度怨愁。
③秋泉：秋日泉水。

金 松①

【唐】 李德裕

台岭生奇树，佳名世未知。
纤纤疑大菊②，落落是松枝。
照日含金晰③，笼烟淡翠滋。
勿言人去晚，犹有岁寒期。

注：
①金松：松之一种，落叶乔木，又名金钱松。出天台山，秋天叶带金色。
②纤纤：细微。
③金晰：清晰的金色。

题苏仙宅枯松

【唐】 李 涉

几年苍翠在仙家，一旦枝枯类海槎①。
不如酸涩棠梨树②，却占高城独放花③。

注：
①海槎：即"海查"，用竹木编制的渡海筏。
②棠梨树：一种带刺的野果树，产果，其味酸涩难吃。
③独放花：因棠梨树带刺，花亦有刺，少人攀摘，故有独放。

题五松驿①

【唐】 陆 畅

云木苍苍数万株②，此中言命的应无③。
人生不得如松树，却遇秦封作大夫④。

注：
①五松：即秦始皇所封五大夫松。
②云木：树木。
③言命：即秦始皇口头封松为大夫松。
④却遇秦封：秦始皇封松为大夫，是因其避雨，偶然受封，故有此言。

观吴偃画松①

【唐】 施肩吾

君有绝艺终身宝，方寸巧心通万造②。
忽然写出涧底松，笔下看看一枝老。

注：
①吴偃：不详。
②万造：万事万物。

玩手植松①

【唐】 施肩吾

却思毫末栽松处②，青翠才将众草分。
今日散材遮不得③，看看气色欲凌云。

注：
①手植松：自己亲手种植之松。
②毫末：极其细微，指所栽之松细小。
③散材：无用之木。

松 坛

【唐】 姚 合

盘盘松上盖，下覆青石坛。
月中零露垂①，日出露尚溥。
山翁称绝境，海桥（峤）无所观②。

注：
①零露：降落的露水。
②海桥：海边之桥；海峤：海边山岭，喻景色优美。

采松花

【唐】 姚 合

拟服松花无处学①，嵩阳道士忽相教②。
今朝试上高枝采，不觉倾翻仙鹤巢。

注：
①服：采之意。
②嵩阳：即嵩阳观，唐时改，初为嵩阳寺。在今河南省登封县太宝山下。

松

【唐】 王 睿

寒松耸拨倚苍岭，绿叶扶疏自结阴。
丁固梦时还有意①，秦王封日岂无心②。
常将正节栖孤鹤③，不遣高枝宿众禽。
好是特凋群木后，护霜凌云翠逾深。

注：
①丁固：亦称丁公。汉时人。季布同母异父弟，初为项羽将。项王灭，谒见高祖，高祖斩之，曰：使后为人臣者毋效丁公也。
②秦王封日：指秦始皇在泰山封栖雨之松为大夫松之时。
③正节：正直的节操。

小 松

【唐】 章孝标

爪叶鳞条龙不盘①，梳风幕翠一庭寒②。
莫言只是人长短，须作浮云向上看。

注：
①鳞条：松杆；龙不盘：谓小松不能向苍松那样盘曲向上。
②梳风：微风；幕翠：淡幕中显出青翠。

省中题新植双松①

【唐】 裴夷直

端坐高宫起远心②，云高水阔共幽沈③。
更堂寓直将谁语，自种双松伴夜吟。

注：
①省中：宫禁之地。
②高宫：高大富丽的府地。
③幽沈：亦作"幽沉"，犹埋没。喻幽沉无事。

五松驿①

【唐】 李商隐

独下长亭念过秦②，五松不见见舆薪③。
只应既斩斯高后④，寻被樵人用斧斤⑤。

注：
①五松：即秦始皇所封之五大夫松；驿：驿站，古时官员或公人旅
途中所栖之所。
②长亭：亦称"十里亭"。古时于道路每隔十里设长亭，供行旅停息。
③舆薪：古时帝王所乘之车轿。
④斯高：即秦时大臣李斯和赵高的并称。斯高在始皇崩后谋迎胡亥
为皇帝，是为秦二世，后被斩。
⑤樵人：砍柴人或伐木人。

题小松

【唐】 李商隐

怜君孤秀植庭中，细叶轻阴满座风。
桃李盛时虽寂寞，雪霜多后始青葱①。
一年几变枯荣事②，百尺方资柱石功③。
为谢西园车马客，定悲摇落尽成空。

注：
①多：指大雪大霜或频繁之意。
②几变：指时事不停变换，因李商隐生活在唐时的牛李党争之中，屡遭打击，故有此感。
③方资：才能具有。

赋得听松声

【唐】 刘得仁

庭际微风动①，高松韵自生②。
听时无物乱，尽日觉神清。
强与幽泉并，翻嫌（疑）细雨并。
拂空（云）增（憎）鹤泪③，
拂空增鹤唳，
过牖合（入）琴声④。
况复当秋暮，偏宜在月明。
不知深涧底，萧瑟有谁听。

注：
①庭际：庭院或居处。
②高松：高大之松；韵：指松声之韵味。
③鹤泪：指松声如鹤啼之声。
④牖：窗户。

和李用夫栽小松

【唐】 项 斯

移来未换叶，已胜在空（深）山①。
静对心标直，遥吟境助闲。
影侵残雪际，声透小窗间。
即耸凌空干，翛翛岂易攀②。

注：
①空山：幽深少人之山。
②翛翛：高大貌。

书院二小松

【唐】 李群玉

一双幽色出凡尘，数粒秋烟二尺鳞①。
从此静窗闻细韵，琴声长伴读书人。

注：
①秋烟：秋后所结之粒状且实，此处指松籽；鳞：即鱼鳞状，此处
指松杆。

赠卖松人

【唐】 于武陵

入市虽求利，怜君意独真。
欲将寒涧树，卖与翠楼人①。
瘦叶几经雪，淡花应少春。
长安重桃李②，徒染六街尘。

注：
①翠楼：涂饰绿色的高楼，此处泛指富贵人家。
②长安：唐都城，今陕西省西安市。

惠山听松庵①

【唐】 皮日休

千叶莲花旧有香，半山金刹照方塘②。
殿前日暮高风起，松子声声打石床③。

注：
①惠山：江苏省无锡县西，唐时西域僧惠照居此山，故得名。
②金刹：宝塔或佛寺；方塘：池塘。
③松子：松花蛋。

松石晓景图

【唐】 陆龟蒙

霜骨云根惨淡愁①，宿烟封著未全收②。
将归与说文通后③，写得松江岸上秋。

注：
①惨淡：悲惨凄凉。
②宿烟：夜里的烟雾。
③与说：讲解或教学；文通：文句的通则，犹文法。

松

【唐】 李山甫

地耸苍龙势抱云，天教青共众材分。
孤标百尺雪中见①，长啸一声风里闻。
桃李傍他真是佞②，藤萝攀尔亦非群。
平生相爱应相识，谁道修篁胜此君③？

注：
①孤标：孤松。
②佞：柔弱。
③修篁：修竹，长竹或泛指竹。

小松歌

【唐】 李咸用

幽人不喜凡草生，秋锄劚得寒青青①。
庭闲土瘦根脚狞②，风摇雨拂精神醒。
短影月斜不满尺，清声细入鸣蛮翼③。
天人戏剪苍龙髻，参差簇在瑶阶侧。
金精水鬼欺不得④，长与东皇逞颜色⑤。
劲节暂因君子移，贞心不为麻中直。

注：
①劚：砍，斫。
②狞：凶猛，凶恶。此处指利害之意。
③蛮翼：蟪蛄。
④金精：指水精，即水精怪；水鬼：传说水中鬼怪。
⑤东皇：司春之神。

小 松

【唐】 罗 隐

已有清阴逼座隅，爱声仙客肯过无。
陵迁谷变须高节①，莫向人间作大夫②。

注：
①陵迁俗变：比喻世事变化。
②大夫：指秦始皇封松为大夫。

松

【唐】 唐彦谦

托根蟠泰华①，倚干蚀莓苔②。
谁云山泽间，而无梁栋材。

注：
①蟠泰：犹蟠固。
②莓苔：青苔。

涧 松

【唐】 崔 涂

寸寸凌霜长劲条①，路人犹笑未干霄②。
南园桃李虽堪羡，争奈春残又寂寥。

注：
①凌：冒着。
②干霄：高入云霄。

和陆拾遗题谏院松

【唐】 吴 融

落落孤松何处寻，月华西畔结根深。
晓含仙掌三清露①，晚上宫墙百雉阴②。
野鹤不归应有怨，白云高去太无心。
碧岩秋涧休相望，捧日元须在禁林③。

注：
①三清露：晨露。
②百雉：指宫墙长达三百丈。
③捧日：喻忠心辅佐帝王；禁林：皇家园林，喻朝庭。

松 岭

【唐】 陆希声

岭上青松手自栽，已能苍翠映莓苔①。
岁寒本是君家事②，好送清风月下来。

注：
①苍翠：青绿；莓苔：青苔。
②君家：高尚之人。

小 松

【唐】 杜荀鹤

自小刺头深草里①，而今渐觉出蓬蒿②。
时人不识凌云木，直待凌云始道高。

注：
①刺头：犹埋头。
②蓬蒿：指蓬草和蒿草，亦泛指草丛，草莽。

述 松

【唐】 王贞白

远谷呈材干，何由入栋梁。
岁寒虚胜竹，功绩不如桑。
秋露落松子，春深裹嫩黄①。
虽蒙匠者顾，樵采日难防。

注：
①裹：缠裹。

松

【唐】 黄滔

倚涧临溪自屈蟠①，雪花销尽藓花干②。
幽枝好折为谈柄，入手方知有岁寒。

注：
①屈蟠：盘曲。
②藓花：藓苔。

松

【唐】 徐黄

涧底青松不染尘，未逢良匠竟谁分。
龙盘劲节岩前见，鹤泪翠梢天上闻。
大厦可营谁择木，女萝相附欲凌云①。
皇王自有增封日②，修竹徒劳号此君。

注：
①女萝：亦作"女罗"。植物名，即松萝。多附生在松树上，成丝状下垂。
②皇王：帝王；增封日：传说秦始皇封松为大夫松，借喻有出头之日。

大夫松①

【唐】 徐 夤

五树旌封许岁寒②，挽柯攀叶也无端。
争如涧底凌霜节，不受秦皇乱世官③。

注：
①大夫松：即秦始皇泰山所封大夫松。
②五树：秦始皇所封五大夫松，本为官名，后有人称之为五棵松，即成习惯。
③秦皇：秦始皇。

松

【唐】 成彦雄

大夫名价古今闻①，盘屈孤贞更出群②。
将谓岭头闲得了，夕阳犹挂数枝云。

注：
①大夫：指松。秦始皇有封松为大夫松之说。
②盘屈孤贞：盘曲屈强，孤傲坚贞。

松

【唐】 韩 溉

倚空高栏冷无尘，往事闲徵梦欲分。
翠色本宜霜后见，寒声偏向月中闻。
啼猿想带苍山雨，归鹤应和紫府云①。
莫向东园竞桃李②，春光还是不容君。

注：
①紫府：道教称仙人所居之处。
②东园：指种植花草之园。

松

【唐】 无 可

枝干怪鳞皴①，烟梢出涧新。
屈盘高极目，苍翠远惊人。
待鹤移阴过②，听风落子频。
青青寒木外，自与九霄邻。

注：
①鳞皴：像鳞片般的皱皮或裂痕。
②移阴：阴影之移动。

卖松者

【唐】 修 睦

求利有何限，将松入市来。
直饶人买去①，也向柳边栽。
细叶犹粘雪，孤根尚惹苔②。
知君用心错，举世重花开③。

注：
①直饶：犹纵使，即使之意。
②孤根：指松树。
③举世：当今世道。

老 松

【唐】孙 鲂

郁郁复苍苍，秋风韵更长。
空空应有□①，老叶不知霜。
子落生深涧，阴清背夕阳。
如逢东岱雨②，犹得覆秦王③。

注：
①□：此处缺一字，待考。
②东岱：泰山，有东岳岱之称。东岱雨：即秦始皇封泰山时遇雨。
③覆：犹覆盖；覆秦王：指秦始皇泰山遇雨而为其蔽之。

石上矮松

【唐】 崔致远

不材终得老烟霞，涧底何如在海涯。
日引暮阴齐岛树，风敲夜子落潮沙。
自能磐石根长固，岂恨凌云路尚赊。
莫讶低颜无所愧①，栋梁堪入晏婴家②？

注：
①莫讶：不要惊异。
②堪：能够，可以。晏婴：春秋时齐国人，齐景公时为相，有才能，好节俭。

水调歌头 赋松菊堂

【宋】 辛弃疾

渊明最爱菊①，三径也栽松。何人收拾，千载风味
此山中。手把《离骚》读遍②，自扫落英餐罢，杖
屦晓霜浓。皎皎太独立③，更插万芙蓉。　　水潺
湲④，云靧靧⑤，石巃嵸⑥，素琴浊酒唤客，端
有古人风。却怪青山能巧，政尔横看成岭⑦，转
面已成峰。诗句得活法，日月有新工。

注：
①渊明：陶渊明，晋朝诗人，好菊，有陶令菊之称。
②离骚：楚国诗人屈原所作之诗《离骚》。
③皎皎：洁白貌，清白貌。
④潺湲：水流动的样子。
⑤靧靧：绵延，弥漫。
⑥巃嵸：山势高峻的样子。
⑦政尔：正尔，正当。

西江月　遣兴①

【宋】　辛弃疾

醉里且贪欢笑，要愁那得工夫。近来始觉古人书，
着全无是处。　　昨夜松边醉倒，问松："我醉
何如"。只疑松动要来扶，以手推松曰："去！"。

注：
①遣兴：抒发情怀，解闷散心。

卜算子　孟抚干岁寒三友屏风

【宋】　石孝友

冷蕊闼红香①，瘦节攒苍玉②。更著堂堂十八翁③，
取友三人足④。　　惜此岁寒姿，移向屏山曲。
纸帐熏炉结胜缘，故伴仙郎宿。

注：
①冷蕊：指梅；闼：掩蔽或隐藏。
②瘦节：指竹。
③十八翁：指松。即十八公，"松"字拆开即为十、八、公。
④三人：指松、竹、梅。有岁寒三友之称。

官 松

【宋】 孔平仲

我行九江南①，旷野围空山。
道傍何所有，高松立巑岏②。
藏标隐云雾，秀气凌冈峦。
横骞却与走，怪状千万端。
中有清风发，能令朱夏寒③。
流金五六月，方苦行路难。
骑者欲颠沛，负者面如丹。
气息几断绝，至此方少宽。
消渴饮甘露，涸辙投长澜④。
乃知古人意，为惠无穷年。
亦有被剪伐，行列颇不完。
岂非风雷变，或者盗贼繁。
土人对我叹，云有县长官：
为政猛于虎，下令如走丸。
取此为宫室，将以资晏欢。
良工操斧斤，睥睨长林间⑤。
择其最高大，余者弃不观。
千夫拥一柱，九年力回旋。
至今空根悲，泣泪尚未干。
彼令诚何心，缓急迷后先。
毫末至合抱，忍以顷刻残。
万众所庇赖，易为一身安。

居上恬莫问⑥，在下畏不言。
世事类若斯，呜呼一摧肝。

注：
①九江：长江支流，位江西省九江市。
②巉岘：高峻的山峰。
③朱夏：夏季。
④涸辙：喻穷困之境地。
⑤睥睨：窥视，侦伺之意。
⑥恬：安逸，舒适。

双 松

【宋】 余 靖

自古咏连理①，多为阳艳吟②。
谁知抱高节，生处亦同心。
风至应交响，禽栖得并阴。
岁寒当共守，霜雪漫相侵。

注：
①连理：即"莲理"。
②阳艳：明媚鲜艳。喻美好赞誉。

题万松亭

【宋】 苏 轼

十年种木百年规，好德无人助我仪。
县令若同仓庚氏①，亭松应长子孙枝。
天公不赦斧斤厄，野火解怜冰雪姿。
为问几株能合抱，殷勤记取角弓诗②。

注：
①仓庚：亦作"仓鹒"，黄莺鸟的别名。
②角弓诗：角弓即以兽角为饰物的硬弓，借喻诗之豪放。

松 声

【宋】 杨万里

松本无声风亦无，适然相值两相呼。
非金非石非关竹，万倾银涛启五湖①。

注：
①银涛：银白的波涛，借指松涛；五湖：借指山川大地。

卜算子

【宋】 曹 组

松竹翠萝寒①，迟日江山暮②。幽径无人独自芳，
此恨凭谁诉？　　似共梅花语，尚有寻芳侣。
着意闻时不肯香，香在无心处。

注：
①翠萝：绿色丝织物。喻翠绿之意。
②迟日：和熙的春日。

游净慈寺写古松于壁因题

【宋】 马宋英

磨出一锭两锭墨①，扫出千年万年树②。
月明乌鹊误飞来③，踏枝不着空飞去。

注：
①锭：墨的单位名称。
②扫：作画的一种气势。
③乌鹊：鸟名。尾长如其身。

风入松 咏松月

【明】来 熔

龙蛇张爪攫空濛①，碧汉洋青铜②。飞来海上双栖鹤，舞婆娑、姿媚玲珑。为问嫦娥近远，原来只尺琼宫。 藤萝嫋嫋系绦松，带佩整从容。癯癯瘦影常回顾③，冷萧疏、不受秦封④。我有千寻傲骨，不妨明月相同。

注：
①攫：抓取之意；空濛：迷茫，缥缈貌。
②碧汉：指银河、青天。
③癯癯：瘦之意。
④秦封：指秦始皇泰山遇雨而封松为"大夫"事。

风入松 咏松雪

【明】来 熔

山人石窟种芝田，松树对床眠。夜来一朵飞为伴，周遮看、非雾非烟。白鹿饥餐空影，苍龙卧湿鳞鬐①。 阳台何若梦神仙②，舒卷任悠然。山中只可自怡悦，无心更、出岫知还③。不向人间作雨，苍生注望经年。

注：
①鳞鬐：龙的代称。
②阳台：指男欢女合之所，喻指很美的地方。
③出岫：出山，从山中出来。陶渊明有句："云无心以出岫，鸟倦飞而知还。"

念奴娇 松影

【明】 王夫之

擎云缥渺①，有五鬣②、仙姿凭谁细数。半顷黄
茸③，茵藉软、移上素琴冰柱。缕缕丝丝，断纹
交映，细写双清谱④。疏光逗漏，幽香几许暗度。
一霎云散西清⑤，迟迟送上到，回峦高处。垂霭
霏微，深黛转、似把归禽低护。雾冷山空，一
枝斜闪，犹在寻香路。夕阳易没，轻阴且趁归去。

注：
①擎：托起意；擎云：云有托起之状。
②五鬣：即五鬣松，又称五粒松，松之一种，因每五为一叶而得名。
③黄茸：亦称黄耳菌。即黄色菌子，菌草形似人之耳，故称。属菌类，
可食，味美。
④双清：谓思想和行为皆无尘俗之气。
⑤西清：西厢清净之处，喻清静。

玉树后庭花 松下

【明】 易震古

峥嵘老气冰霜候①，一松依旧。居士扶来藜杖瘦②。
细看鳞皱③。　　世情不用深穷究，云翻雨覆。
磊块若能浇灌透④，千钟之后⑤。

注：
①峥嵘：高大，高峻貌；冰霜：喻操守坚贞，品格很能高。
②居士：隐士，指作者自己；藜杖：用藜的老茎做成的手杖。藜，
亦称灰藋、灰菜，一年生草本植物。
③鳞皱：像鳞般的裂痕。指松树皮。
④磊块：比喻郁积在心中的不平之气。浇灌：指饮酒。
⑤千钟：千杯。

大有 三月五日小园对松竹梅

【明】 杨 仪

鹤舞随人，花香入牖①，太湖峰②、倚云孤瘦。
小亭口，湘帘不卷清昼③。连宵病染伤春酒，强
支筇④、土华如绣⑤。忽听得，落梅风，谁家玉
笛清奏⑥。　　心惊禁、烟时候才折了小桃花，
又海棠近手。一样春情，种种恼人难受。且自
拂春衣袖。去抚弄，竹松旧友⑦。看龙凤、百种
风标，岁寒相守。

注：
①牖：同"窗"。
②太湖：湖名，位江苏、浙江二省。
③湘帘：湘竹、斑竹织就的帘子。
④筇：竹名。因节高中实，常以为杖，乃杖中珍品。
⑤土华：大地。
⑥玉笛：对笛子的美称。
⑦竹松旧友：有松竹梅岁寒三友之称。

松棚和韵

【清】 爱新觉罗·晋昌

谡谡松涛聒耳鸣①，绿窗人静韵尤清。
摩云有色青千丈②，扫月无声翠一棚③。
凉影半疏还半密，柔枝宜雨更宜睛。
岁寒不改菁葱质，梅竹相将作晚盟④。

注：
①谡谡：强劲有力的风声。
②摩：迫近，接近。
③棚：指松盖。
④相将：相伴。

松

【清】 王士禛

老干化虬龙①，赏心惟胜友。
年来须鬓斑，宜伴支离叟②。

注：
①虬龙：传说中的一种龙。
②支离叟：老松树。

慈仁寺松

【清】 施闰章

直欲凌风去①，翻从拂地看。
摧残经百折，偃仰郁千盘②。
老阅山河变，阴兼日月寒。
支离尔何意③，不压卧长安④。

注：
①凌风：乘风。
②偃仰：府仰。
③支离：松的别称。
④长安：今陕西省西安市，古称长安。

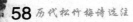

松颠阁

【清】 吴焯

秋风吹客上层台，独立松颠绝点埃。
山势直移高阁去，涛声横截大江来。
冥冥树色疑将合①，幂幂岩阴肯放开②。
却笑老僧关不住，白云飞出到溪隈③。

注：
①冥冥：幽深貌。
②幂幂：浓密状。
③溪隈：溪水弯曲隐蔽之处。

晚归松溪

【清】 彭印古

隔桥松影淡，冷翠点云根①。
树色飞岚气②，山容带雨痕。
雾深多失路，叶落不藏村。
迢递归来晚③，刚同月到门。

注：
①云根：深山云起之处。
②岚气：山中雾气。
③迢递：遥远之意。

老　松

【清】　郭步韫

得气孤生碧涧外①，耸枝欲入层云端②。
贞心不识风霜历，一任朝朝是岁寒。

注：
①得气：得以有其志气。
②耸枝：高枝。

题墨松图

【清】　李方膺

一年一年复一年，根盘节错锁疏烟①。
不知天意留何用②，虎爪龙鳞老更坚③。

注：
①根盘节错：即所画之松树盘根错节；锁疏烟：指松树被笼罩在疏
烟之中。
②天意：迷信之人指自然界主宰的意旨。
③虎爪龙鳞：喻松树枝干坚挺、苍劲。

松树塘万松歌

【清】 洪亮吉

千峰万峰同一峰，峰尽削立无蒙茸①。
千松万松同一松，干悉直上无回容。
一峰云青一峰白，青尚笼烟白凝雪。
一松梢红一松墨，墨欲成霖赤迎日。
无峰无松松必奇，无松无云云必飞。
峰势南北松东西，松影向背云高低。
有时一峰承一屋，屋下一松仍覆谷。
天光云光四时绿，风声泉声一隅足。
我疑黄河潮海地脉通②，
何以戈壁千里非青葱？
不尔地脉贡润合作天山松，
松干怪底一一直透星辰宫③。
好奇狂容忽至此，大笑一呼忘九死，
看峰前行马蹄驶，欲到青松尽头止。

注：
①蒙茸：杂乱状。
②潮海：通潮，指黄河与大海在地下相通。
③星辰宫：喻天空。

咏盆中松树

【清】 韩 氏

偃蹇依然水石清①，贞心独结后凋盟②。
生来不受人攀折，雪共荒寒月共明。

注：
①偃蹇：高竿貌。
②凋盟：凋落。

望廨前水竹答崔录事①

【南朝】 何 逊

萧萧蘩竹映，澹澹平湖净。
叶倒涟漪文，水漾檀栾影②。
相思不会面，相望空延颈。
远天去浮云，长墟斜落景③。
幽疴与岁积④，赏心随事屏，
乡念一遄回⑤，白发生俄倾。

注：
①廨：官舍，官署；崔录事：即崔慰主。南朝始安王府录事参军，掌总录文簿。
②栾：即栾华，木名。落叶乔木，羽状复叶，花呈淡色，结蒴果。
③长墟：绵延的土丘。
④幽疴：沉疴，重病。
⑤遄回：徘徊不前。

山中杂诗

【南朝】 吴 均

山际见来烟，竹中窥落日。
鸟向檐上飞，云从窗里出。

绿竹可充食，女罗可代裙①。
山中自有宅，桂树笼青云。

具区穷地险②，嵇山万里余③。
奈何梁隐士，一去无还书④。

注：
①女罗：亦作"女萝"，植物名，即松萝。多附生在松树上，成丝状下垂。
②具区：古泽薮名，即太湖。又名震泽，笠泽。
③嵇山：山名，有两处，一即安徽省宿山西南，一即河南省修武县西北，均因三国时嵇康居此而得名。
④还书：来信。

团扇郎（六首选一）

【南朝】 乐府民歌

青青林中竹，可作白团扇①。
动摇郎玉手②，因风托方便③。

注：
①白：洁白。
②动摇：摇动。
③方便：喻可以亲近。

赋得临池竹

【唐】 李世民

贞条障曲砌①，翠叶贯（负）寒霜。
拂牖分龙影②，临池待凤翔。

注：
①贞条：指竹子；曲砌：池塘之堤。
②牖：窗户；龙影：指竹影。

竹

【唐】 杨 炯

森然几竿竹，密密茂成林。
半室生清兴，一窗余午阴①。
俗物不到眼，好书还上心。
底事忘羁旅②，此君同此襟。

注：
①余午阴：残存于中午的阴气、凉意。
②底事：何事。羁旅：寄居异乡。

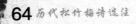

和黄门庐侍御咏竹

【唐】 张九龄

清切紫庭垂①，葳蕤防露枝②。
色无玄月变③，声有惠风吹。
高节人相重，虚心世所知。
凤凰佳可食，一去一来仪。

注：
①紫庭：帝王宫庭。
②葳蕤：草木茂盛枝叶下垂貌。
③玄月：夏历九月的别称。夏历，古代历法之一，又称阴历、农历、旧历。

咏院中丛竹

【唐】 吕太一

擢擢当轩竹①，青青重岁寒。
心贞徒见赏，箨小未成竿②。

注：
①擢擢：挺拔貌。
②箨：竹笋皮，俗称笋壳。

竹里馆

【唐】 王 维

独坐幽篁里①，弹琴复长啸。
深林人不知②，明月来相照。

注：
①幽篁：幽深的竹林。
②深林：竹林深处。

斑竹岩

【唐】 刘长卿

苍梧在何处①，斑竹自成林②。
点点留残泪，枝枝寄此心。
寒心响易满，秋水影偏深。
欲觅樵人路③，朦胧不可寻。

注：
①苍梧：高大之梧桐树。
②斑竹：竹之一种，亦称"湘妃竹"，因茎上有紫褐色斑点而得名。
相传尧之二女、舜之二妃，曰湘夫人，帝崩，二妃啼，以涕挥竹，
竹尽斑。
③樵人：樵夫，打柴的人。

晚春归山居题窗前竹①

【唐】 刘长卿

溪上残春黄鸟稀，辛夷花尽杏花飞②。
始怜幽竹山窗下，不改清阴待我归。

注：
①一作钱起诗，题云：暮春归故山草堂。
②辛夷：植物名。指辛夷树或辛夷花，属木兰科，落叶乔木，高数丈，
木有香气，花放时如玉兰花，故又称玉兰。

慈姥竹①

【唐】 李 白

野竹攒石生，含烟映江岛。
翠色落波深，虚声带寒早②。
龙吟曾未听，凤曲吹应好。
不学蒲柳凋③，贞心尚自保。

注：
①慈姥竹：竹之一种。又称慈竹、义竹、慈孝竹、子母竹。
②虚声：空谷间传出的回声。
③蒲柳：即水杨。一种入秋就凋零的树木。

范公丛竹歌

【唐】岑参

职方郎中兼侍御史，范公乃于陕西使院内种竹，新制丛竹诗以见示美，范公之清致雅操，遂为歌以和之。

世人见竹不解爱，知君种竹府城内。
此君托根幸得地，种来几时闻已大。
盛暑翛翛丛色寒①，闲宵槭槭叶声干②。
能清案牍帘下见，宜对琴书窗外看。
为君成阴将蔽日，迸笋穿阶踏还出③。
守节偏凌御史霜④，虚心愿比郎官笔⑤。
君莫爱南山松树枝，竹色四时也不移。
寒天草木黄落尽，犹自青青君始知。

注:
①翛翛：象声词，竹动之声。
②槭槭：象声词，风吹叶动之声。
③迸笋：破土猛长的竹笋。
④御史：官名，春秋战国时皆有，汉时则专管纠弹。
⑤郎官：官名，谓郎中、侍郎等职。

苦 竹

【唐】杜 甫

青冥亦自守①，软弱强扶持。
味苦夏虫避，丛卑春鸟疑②。
轩墀曾不重③，翦伐欲无辞。
幸近幽人屋，霜根结在兹。

注：
①青冥：远避之意；自守：甘愿清贫。
②卑：谦词。
③轩墀：厅堂。此处指富贵人家之厅事。

县中池竹言怀

【唐】钱 起

官小志已足，时清免负薪。
卑栖且得地，荣耀不关身。
自爱赏心处，丛篁流水滨。
荷香度高枕，山色满南邻。
道在即为乐①，机忘宁厌贫。
却愁丹凤诏②，来访漆园人③。

注：
①道：即隐逸思想或道家思想。
②丹凤诏：指帝王诏书。后赵时石虎以五色纸为诏书，衔之木凤口，以颁天下，称"丹凤诏"。
③漆园：庄子曾居之地，喻自己系隐居之人。

竹间路

【唐】 钱 起

暗归草堂静，半入花园去。
有时载酒来①，不与清风遇。

注：
①载酒：携酒。

东峰亭各赋一物得阴崖竹①

【唐】 袁 邕

终岁寒苔色②，寂寥幽思深。
朝歌犹夕岚③，日永流清阴。
龙钟负烟雪④，自有凌云心。

注：
①东峰亭：亭名，不详；阴崖：背阳面的山崖。
②苔：苔藓，植物名。有青、绿、紫等色，多生于阴湿之地。
③夕岚：暮霭，傍晚时山林中的雾气。
④龙钟：竹的别称。

竹

【唐】 戴叔伦

卷箨正篱披①，新枝复蒙密。
翛翛月下闻②，袅袅林际出③。
岂独对芳菲，终年色如一。

注：
①箨：竹笋皮。
②翛翛：象声词，即竹之风声。
③袅袅：纤长柔美貌。

竹 溪

【唐】 李 益

访竹越云崖，即林若溪绝。
宁知修竿下①，漠漠秋苔洁②。
清光溢空曲，茂色临幽沏。
采摘愧芳鲜，奉君岁暮节。

注：
①修竿：指竹。
②漠漠：寂静。

竹

【唐】 张南史

竹，竹。
披山，连谷。
出东南，殊草木。
叶细枝劲，霜停露宿。
成林处处云，抽笋年年玉。
天风乍起争韵①，池水相涵更绿②。
却寻庚信小园中③，闲对数竿心自足。

注：
①天风：风；乍起：突起。
②涵：浸润。
③庚信：南朝诗人。长安任上常有思乡之愁，有庚愁之称。

乞 竹

【唐】 王 建

乞取池西三两竿，房前栽著病时看。
亦知自惜难判割①，犹胜横根引出栏②。

注：
①判割：分割。
②横根：指竹根。

 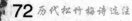

雨中对后 丛竹

【唐】 崔元翰

含风摇砚水①，带雨拂墙衣。
乍似秋江上，渔家半掩扉。

注：
①砚水：砚池中用以磨墨之水，此处指砚中之墨汁。

和令狐舍人酬峰上人题山栏孤竹

【唐】 杨巨源

满院冰姿粉箨残①，一茎青翠近帘端。
离丛自欲亲香火②，抱节何妨共岁寒。
能让繁声任真籁③，解将孤影对芳兰。
范云许访西林寺，枝叶须和彩凤看。

注：
①箨：竹笋皮。
②离丛：意即不同流俗。
③繁声：繁杂之声。喻复杂的社会环境。

竹径

【唐】 韩 愈

无尘从不扫，有鸟莫令弹。
若要添风月，应除数百竿。

青水驿丛竹天水赵云余手种十二茎①

【唐】 柳宗元

檐下疏篁十二茎，襄阳从事寄幽情②。
只应更使伶伦见③，写尽雌雄双凤鸣④。

注：
①赵云余：不详。天水（今甘肃省天水市）人。
②襄阳从事：即天水赵云余。
③伶伦：传说系黄帝时乐官。
④雌雄双凤鸣：传说伶伦在嶰谷取竹，制成竹筒，以听凤鸣，其结果雄鸣六下，雌亦鸣六下，故有此称。

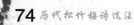

和宣武舍令狐相公郡斋对新竹①

【唐】 刘禹锡

新竹翛翛韵晓风②，隔窗依砌尚蒙胧。
数间素壁初开后，一段清光入坐中。
欹枕闲看知自适，含毫朗咏与谁同③。
此君若欲长相见，政事堂东有旧丛。

注：
①令狐相公：令狐楚，唐时宰相。
②翛翛：象声词，即竹动之声。
③含毫：挥毫书写。

庭竹

【唐】 刘禹锡

露涤铅粉节①，风摇青玉枝。
依依似君子，无地不相宜。

注：
①露涤：露珠。铅粉：铅白色。

吴兴敬郎中见惠斑竹枝
兼示一绝聊以谢之

【唐】 刘禹锡

一茎炯炯琅玕色①，数节重重玳瑁文②。
挂到高山未登处，青云路上愿逢君。

注：
①琅玕：竹之青翠。
②玳瑁：也作"瑇瑁"，一种爬形动物，形似龟，甲壳黄色，有黑斑点，似斑竹之斑。文：通"纹"。

种 竹

【唐】 元 稹

昔乐天赠予诗云①：无波古井水，有节秋竹竿。予秋来种竹厅下，因而有怀，聊出十韵。

昔公怜我直，比之秋竹竿。
秋来苦相忆，种竹厅前看。
失地颜色改②，伤根枝叶残。
清风犹淅淅，高节空团团。
鸣蝉聒暮景，跳蛙集幽阑。
尘土复昼夜，梢云良独难。
丹丘信云远③，安得临仙坛④。
瘴江冬草绿⑤，何人惊岁寒。

可怜亭亭杆，一一青琅玕⑥。
孤凤竟不至，坐伤时节阑。

注：
①乐天：唐时诗人白居易。
②失地：边境和国内不宁。
③丹丘：亦作"丹邱"，传说中神仙居住之地。
④仙坛：仙人所居之地。
⑤瘴江：指南方的水域之地。
⑥琅玕：指竹。

竹部（石首县界）

【唐】 元 稹

竹部竹山远，岁伐竹山竹。
伐竹岁亦深，深林隔深谷。
朝朝冰雪行，夜夜豺狼宿。
科首霜断蓬①，枯形烧余木。
一束十余茎，千钱百余束。
得钱盈千百，得粟盈斗斛。
归来不买食，父子分半菽②。
持此欲何为，官家岁输促。
我来荆门掾③，寓食公堂肉。
岂惟遍妻孥，亦以及僮仆。
分尔有限资，饱我无端腹。
愧尔不复言，尔生何太蹙。

注：
①科首：即科头。光秃的头。断蓬：破烂的雨蓬。
②菽：豆类食物之总称。
③荆门：荆州。现今湖北境内。掾：官吏。

新 竹

【唐】 元 稹

新篁才解箨①，寒色已青葱。
冉冉偏凝粉，箫箫渐引风。
扶疏多透日②，寥落未成丛。
惟有团团节，坚贞大小同。

注:
①新篁：新竹。解箨：脱掉竹笋皮。
②扶疏：茂盛状。

潇湘神

【唐】 刘禹锡

斑竹枝①，斑竹枝，泪痕点点寄相思。　　楚客
欲听瑶瑟怨②，潇湘深夜月明时。

注:
①斑竹：竹之一种。传说舜帝巡游南方，崩于苍悟，其妃娥皇、女
英赶到湘江边，悲泣不止，泪洒竹上，染竹成斑，世称斑竹。
②楚客：喻作者自楚而来。

新栽竹

【唐】 白居易

佐邑意不适①，闭门秋草生。
何以娱野性②，种竹百余茎。
见此溪上色，忆得山中情。
有时公事暇，尽日绕栏行。
勿言根未固，勿言阴未成。
已觉庭宇内，稍稍有余清。
最爱近窗卧，秋风枝有声。

注：
①佐邑：佐通"左"，邑即居所，喻作者自己。时作者为左拾遗。
②野性：喜爱自然的性情。

竹 窗

【唐】 白居易

尝爱辋川寺①，竹窗东北廊。
一别十余载，见竹未成忘。
今春二月初，卜居在新昌②。
未暇作厩库③，且先营一堂。
开窗不糊纸，种竹不依行。
意取北檐下，窗与竹相当。
绕屋声淅淅，逼人色苍苍。
烟通杳霭气④，月透玲珑光。
是时三伏天，天气热如汤；
独此竹窗下，朝回解衣裳。
轻纱一幅巾，小簟六尺床。
无客尽日静，有风终夜凉。
乃知前古人，言事颇谙详：
清风北窗卧，可以傲羲皇⑤。

注：
①辋川寺：在今陕西省兰田县。
②卜居：有选择地居住。新昌：地名，不详。
③厩库：马房。
④杳霭：云雾飘渺样子。
⑤羲皇：伏羲氏。

竹楼宿

【唐】 白居易

小书楼下千竿竹，深火炉前一盏灯①。
此处与谁相伴宿，烧丹道士坐禅僧。

注：
①深火：比较旺的火。

池上竹下作

【唐】 白居易

穿篱绕舍碧逶迤①，十亩闲居半是池。
食饱窗间新睡后，脚轻林下独行时。
水能性淡为吾友，竹解心虚即我师。
何必悠悠人世上，劳心费目觅亲知。

注：
①逶迤：曲折绵延的样子。

题 竹

【唐】 牟 融

潇洒碧玉枝，清风追晋贤①。
数点渭川雨②，一缕湘江烟③。
不见凤凰尾，谁识珊瑚鞭④。
柯亭丁相遇⑤，惊听奏钧天⑥。

注：
①晋贤：晋代时期的文士。
②渭川：渭水或渭水流域。此处指今陕西关中平原。
③湘江：源于广西省，流入湖南省，系湖南主要河流。
④珊瑚：鸟名，一名山呼、山胡，出自岭南。
⑤柯亭：又名高迁亭。在今浙江省绍兴市西南，以产良竹而有名。
⑥钧天：钧天广乐或钧天曲、钧天奏，钧天广乐指天上的音乐。

竹里梅

【唐】 刘言史

竹里梅花相并枝，梅花正发竹枝垂。
风吹总向竹枝上，直似王家雪下时①。

注：
①王家：指王侯之家。

头陀寺看竹①

【唐】 李 涉

寺前新笋已成竿，策马重来独自看。
可惜班皮空满地②，无人解取作头冠。

注：
①头陀寺：不详。北齐王草著有《头陀寺碑文》。
②班皮：指竹笋皮、竹壳。

竹

【唐】 沈亚之

窗户尽萧森①，空阶凝碧阴。
不绿冰雪里，为识岁寒心。

注：
①萧森：阴森。

湘竹词

【唐】 施肩吾

万古湘江竹①，无穷奈怨何。
年年长春笋，只是泪痕多。

注：
①湘江竹：指斑竹。
②春笋：春天长出的新竹。

渚上竹①

【唐】 姚 合

叶叶新春筠②，下复清浅流。
微风屡此来，决决复脩脩③。
诗人有下吟，月堕吟不休。

注：
①渚：水边。
②筠：竹子。
③决决：形容水流之声；脩脩：象声词，形容微风拂竹的声音。

竹

【唐】 崔 涯

领得溪风不放回，傍窗绿砌遍庭栽。
须招野客为邻住①，看引山禽入郭来。
幽院独惊秋气早，小门深向绿阴开。
谁怜翠色兼寒影，静落茶瓯与酒杯②。

注：
①野客：村野之人。多指隐逸之人。
②茶瓯：杯、碗之类的茶具。

斫竹

【唐】 杜 牧

寺废竹色死，宦家宁尔留。
霜根渐随斧①，风玉尚敲秋②。
江南苦吟客，何处送悠悠。

注：
①霜根：经冬不凋的树木的根或苗。此处指竹。
②风玉：唐时岐王宫中，于竹林之内悬挂碎玉片，夜晚闻有玉片相触
之声，便知有风，故有此称。又名"占风铎"。

历代松竹梅诗选注 **85**

斑竹筒簟①

【唐】 杜 牧

血染斑斑成锦纹，昔年遗恨至今存。
分明知是湘妃泣②，何忍将身卧泪痕。

注：
①簟：竹席。
②湘妃：传说舜帝妃子，舜帝崩，湘妃悲泣，泪洒竹上，竹成斑竹。

新 竹

【唐】 薛 能

柳营茅土倦粗材①，因向山家乞翠栽②。
清露便教终夜滴，好风疑是故园来③。
栏边匠去朱犹湿④，溉后虫浮穴暗开⑤。
他日会应威风至，莫辞公府受尘埃⑥。

注：
①柳营：军营。
②山家：山里人家，乡村人家；翠：指竹。
③故园：指山家。
④朱：朱红色油漆。
⑤溉后：培植、培护之后。
⑥公府：对住宅的尊称；尘埃：喻世俗。

赠梁蒲秀才斑竹柱杖①

【唐】 贾 岛

拣得林中最细枝，结根石上长身迟。
莫嫌滴沥红斑少②，恰似（是）湘妃泪尽时。

注：
①梁蒲：不详。
②滴沥：流滴，滴撒。

斑竹祠①

【唐】 汪 遵

九处烟霞九处昏，一回延首一销魂。
因凭直节流红泪②，图得千秋见血痕。

注：
①斑竹祠：湘妃祠。
②直节：喻守正不阿的操守。此处指湘妃泣舜帝之事。

方著作画竹①

【唐】 方 干

叠叶与高节，俱从毫末生。
流传千古誉，研炼十年情②。
向月本无影，临风疑有声。
吾家钓台畔（矶侧）③，似此两三茎。

注：
①方著：不详。
②研炼：研究，练习。
③钓台：钓鱼之处。

竹

【唐】 罗 邺

翠叶才分细细枝，清阴犹未上阶墀①。
蕙兰虽许相依日，桃李还应笑后时。
抱节不为霜霰改，成林终与凤凰期。
渭宾若更征贤相②，好作渔竿系钓丝。

注：
①阶墀：台阶。墀即台阶上面的空地。
②渭宾：即抚佐周朝时的太公望吕尚，俗称姜太公，穷困年老时曾钓于渭水之滨。宾通"滨"。

竹下残雪

【唐】 罗　隐

墙下浓阴对此君，小山尖险玉为群。
夜来解冻风虽急①，不向寒城减一分②。

注:
①解冻: 冰冻融化。
②寒城: 寒冷的城池。

咏　竹

【唐】 唐彦谦

醉卧凉阴沁骨清，石床冰簟梦难成①。
月明午夜生虚籁②，误听风声是雨声。

注:
①簟: 竹席。
②虚籁: 指风。

竹

【唐】 郑 谷

宜烟宜雨又宜风，拂水藏村复间松。
移得萧骚从远寺①，洗来疏净见前峰②。
侵阶藓拆春芽迸③，绕径莎微夏荫浓④。
无赖杏花多意绪，数枝穿翠好相容。

注：
①萧骚：形容风吹树木之声。
②疏净：指天空或空气疏朗清净。
③藓：苔藓，隐花植物，多生在墙角或阴湿之地。拆：含"破"字之意。
④莎微：即莎草，多年生草本植物。多生于阴湿之地。

苦竹径

【唐】 陆希声

山前无数碧琅轩①，一径清森五月寒。
世上何人怜苦节，应须细问子猷看②。

注：
①琅轩：喻竹之青翠。
②子猷：晋人王徽之的字。王羲之之子，性爱竹。

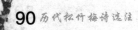

庭 竹

【唐】唐 求

月笼翠叶秋承露，风亚繁梢螟扫烟①。
知道雪霜终不变，永留寒色在庭前。

注：
①亚：拂之意；螟扫烟：即傍晚时的烟霭。

竹（十一首选二）

【唐】 陈 陶

不厌东溪绿（碧）玉君，天坛双凤有时闻①。
一峰晓似朝仙处，青节森森倚绛云②。

一节呼龙万里秋，数茎垂海六鳌愁。
更须瀑布峰前种，云里栏杆过子猷③。

注：
①天坛：古代帝王祭天之处。
②绛云：红色之云。
③子猷：晋人书法家王徽之的字，性好竹。

竹

【唐】 徐 铉

劲节生宫苑，虚心奉豫游①。
自然名价重，不羡渭川侯②。

注：
①豫游：游乐。
②渭川：即渭水，或渭水流域。通常指陕西省关中地区。渭水，源出甘肃省鸟鼠县，过陕西省关中东入黄河。

竹

【唐】 韩 淲

树色连云万叶开，王孙（家）不厌满庭栽①。
凌霜尽节无人见②，终日虚心待风来。
谁许风流添兴咏，自怜潇洒出尘埃。
朱门处处多闲地，正好移阴覆（结）翠苔③。

注：
①王孙：帝王之家。
②凌霜：抵抗霜寒。
③翠苔：青翠的苔藓。

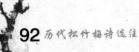

孤 竹

【唐】 段弘古

亭亭骨屹短墙颠，摇曳空明漾素妍①。
带雨微添寒鹤泪，凌霜不受野云怜。
老松立地同高节，芳草何心吊谪仙②。
抱此孤根滋九畹③，青山一道送流泉。

注：
①素妍：素净之美。
②谪仙：谪居世间的仙人。
③九畹：喻"兰花"，兰与竹常为伴。

官舍竹

【宋】 王禹偁

谁种萧萧数百竿①？伴吟偏称作闲官。
不随天艳争春色，独守孤贞待岁寒。
声拂琴床生雅趣，影侵棋局助清欢。
明年纵便量移去②，犹得今冬雪里看。

注：
①萧萧：形容风竹之声。
②量移：指官员因罪远罚，遇赦后酌情调迁近处任职。

竹 阁①

【宋】 苏 轼

海山兜率两茫然②，古寺无人竹满轩。
白鹤不留归后语，苍龙犹是种时孙③。
两丛恰似萧郎笔④，十亩空怀渭上村⑤。
欲把新诗问遗像⑥，病维摩诘更无言⑦。

注：
①竹阁：在杭州广化寺柏堂之后，唐时白居易建。
②海山：海中仙山；兜率：即兜率天，佛教中说欲界六天中的第四天，相传释迦牟尼生兜率天。
③苍龙：指翠竹。
④萧郎：指唐代协律郎萧悦，善画竹。
⑤渭上村：即白居易退居之所，喻指白居易。白居易有《退居渭上村》其中有句："十亩之宅，五亩之园。有水一池，有竹千竿。"
⑥遗像：竹阁内有白居易遗像。
⑦病维摩诘：印度毗耶离城中的大乘教主，与释迦牟尼同时。

次韵黄斌老所画横竹①

【宋】 黄庭坚

酒浇胸次不能平，吐出苍竹岁峥嵘。
卧龙偃蹇雷不惊②，公与比君俱忘形。
晴窗影落石泓处③，松煤浅染饱霜兔④。
中安三石使屈蟠，亦恐形全便飞去。

注：
①黄斌老：宋人，四川省梓潼人，善画竹。
②卧龙：指所画之竹像卧龙一样硬朗；偃蹇：安卧之意。
③石泓：石砚的别称。
④松煤：即松烟制成的墨。霜兔：指兔毫之笔。

摊声浣溪沙
吴兴僧舍竹下与王明之饮①

【宋】 毛 滂

雨色流香绕坐中②。映阶疏竹一丛丛③。不奈晚来萧瑟意，子猷风④。　　　激滟满倾金凿落⑤，淋漓从湿绣芙蓉。吸尽百川天上去，看长虹。

注：
①吴兴：县名，今浙江，临太湖。王明：不详。
②流香：古代酒名。宋陆游有诗云："归来幸有流香在，剩伴儿童一笑嬉。"
③疏竹：青翠之竹。
④子猷：晋人王羲之之子王徽之之字，性好竹。
⑤激滟：水满貌。此指酒满。

竹 林

【宋】 杨万里

珍重人家爱竹林①，织篱辛苦护寒青②。
那知竹性元薄相③，须要穿来篱外生。

注：
①珍重：珍惜，珍爱之意。
②织篱：编织篱笆；寒青：指竹。
③元：本来、向来、原来之意；薄相：福薄之相。

浣溪沙　种松竹未成

【宋】 辛弃疾

草木于人也作疏，秋来咫尺异荣枯①。空山岁晚孰华余②。　　孤竹君穷犹抱节③，赤松子嫩已生须④。主人相爱肯留无。

注：
①异：一作"共"。
②岁晚：一作"晚翠"。
③孤竹君：指竹。
④赤松：指松。

竹轩诗兴①

【宋】 张　镃

柴门风卷却吹开，狭径初成竹旋栽。
梢影细从茶碗入，叶声轻逐篆烟来②。
暑天倦卧星穿过，冬昼闲吟雪压摧。
预想此时应更好，莫移墙下一株梅。

注：
①竹轩：种有竹子的庭院。
②篆烟：盘香的烟缕。

竹间新辟一地 可坐十客 用前韵刻竹上

【宋】 敖陶孙

竹君得姓起何代？渭川鼻祖慈云来①。
主人好事富千垺，日报平安知几回？
平生好山仍好画，意匠经营学盘马②。
别裁斗地规摩围，自汲清池行播洒。
一杯寿君三径成③，请君静听风来声。
醉眠煮得石根烂④，以次平章身与名⑤。

注：
①渭川：即渭水或渭水流域，产竹。
②盘马："盘马弯弓"的省词。即将军驰马盘旋，张弓欲射，引而不发，以求巧取于人。此处喻故意凝神握笔，等待灵感到来，一挥而就。
③寿：敬酒之意；三径：喻家园，传说汉时蒋诩，曾任兖州刺史，因不满王莽专权而隐居，于院中自辟三径，而杜门谢客。
④石根：石头。
⑤平章：品评。

南乡子 竹居

【宋】 张 炎

爱此碧相依。卜筑西园隐逸时①。三径成阴门可款②，幽栖。苍雪纷纷冷不飞。 青眼旧心知。瘦节终看岁晚期。人在清风往来处，吟诗。更好梅花著一枝③。

注：
①卜筑：择地建筑。
②款：至之意。谓竹已长到门前。
③著：增添。

小重山 烟竹图

【宋】 张 炎

阴过云根冷不移①。古林疏又密②，色依依。何须
喷饭笑当时。笕篁谷③，盈尺小鹅溪。　　展玩
似堪疑。楚山从此去，望中迷。不知何处倚湘
妃④。空江晚⑤，长笛一声吹。

注：
①云根：深山云起处。
②古林：竹林。
③笕篁谷：谷名。因谷中多产竹而得称。
④湘妃：指湘妃竹、斑竹。
⑤空江：大江。

双 竹

【宋】 赵 抃

余家有故园，园中可图录①。
天然一派根，一根生两竹。
一长复一短，比之如手足。
长者似乃兄，短者弟相逐。
我见人弟兄，少有相和睦。

竹分长幼情，人岂无尊宿②。
将竹比人心，人殆类禽畜。
常记五六岁，不见还嚎哭③。
及至长大时，妻孥相亲族。
咫尺不相见，相疏何太速。
不顾父母生，同胞又同腹。
旦夕慕歌欢，几能思骨肉。
枉安人须眉，而食天五谷。
静思若斯人，争及园中竹④。

注：
①图录：图谶符命之书。借喻此园有史或建园已久。
②尊宿：对有重望的前辈的敬称。此指长幼。
③嚎：同"呼"。
④争：犹怎，怎么。

竹 里①

【宋】 王安石

竹里编茅倚石根②，竹茎疏处见前村。
闲眠尽日无人到③，自有春风为扫门。

注：
①竹里：此诗见于《诗歌总集丛刊·宋诗卷·临川诗钞》。《王安石全集》
（吉林人民出版社，１９９６年５月）不录。
②石根：岩石的底部。
③尽日：整天。

自题墨竹

【宋】 郑思肖

万顷琅玕压碧云①，清风幽兴渺无垠②。
当时首肯说不得③，不意相知有此君。

注：
①琅玕：指竹。
②幽兴：幽雅之兴趣。
③首肯：点头同意。

新 竹

【宋】 惠 洪

琅玕数本倚墙阴①，新笋均条忽作林②。
昨日小轩添得境，却烦佳月碎筛金③。

注：
①琅玕：指竹。
②新笋：新生竹。
③筛金：指月光穿过竹枝撒落地上形成的星星点点。

朝中措

和孔倅郡斋新栽竹

【宋】 王之道

君心节直更心虚。移植并庭除①。好在红蕖相映②，卷帘如见吴姝③。　　清风明月，君无我弃，我不君疏。况有骚人墨客，时来同醉兵厨④。

注：
①庭除：庭院。
②红蕖：红荷花。
③吴姝：古代吴地的美女。
④兵厨：储存好酒之处。喻好酒、美酒。

真珠帘　栽竹

【宋】 王 质

翠虬夭矫拏苍玉①。飞来到、吾庐溪湾山麓。一笑忽相逢，更解包投宿。北池之畔西墙曲，与主人、呼青吸绿。恨我，无夭寒翠袖，共倚修竹。每遇飞雪萧萧，更惊风摵摵②，清标可掬③。更与月同来，无半点尘俗。冬有寒梅闲相伴，春亦有幽兰相逐。香足。才露下霜飞，又有秋菊。

注：
①翠虬：青龙的别称，喻竹。
②摵摵：象声词，雪打竹叶之声。
③清标：清美。

墨 竹

【宋】 刘延世

酷爱此君心①，常将墨点真②。
毫端虽在手，难写淡精神③。

注：
①君：指竹。文人、画家有称竹为君子的习惯。
②点真：对画竹的描写刻画。
③淡：淡泊，清静寡欲，不求名利。此处指竹的本性。

画 竹

【元】 吴 镇

长忆前朝李蓟邱①，墨君天下擅风流②。
百年遗迹留人世③，写破湘潭梦里秋④。

注：
①李蓟邱：不详。
②墨君：对李蓟邱的尊称。
③遗迹：指李的绘画作品。
④湘潭：湖南湘江一带，盛产斑竹，借指斑竹。

枯木竹石图

【元】 赵孟頫

石如飞白木如籀①，写竹还应八法通②。
若还有人能会此③，须知书画本来同。

注：
①飞白：书法艺术中一种用笔方法或书体，笔画中留有丝白；籀：籀
文。古代一种书体，即大篆，其书写笔笔中锋、藏锋。
②八法：书法中"永字八法"，借指书法。
③此：绘画与书法的相通之处。

题郑所南推篷竹卷①

【元】 宋 无

要写秋光写不成，愁凝苦竹淡烟横②。
叶间尚有湘妃泪③，滴作江南夜雨声。

注：
①郑所南：名思肖，字忆翁，号所南，今福建连江人。宋末诗人、画家。
②苦竹：竹之一种，其味苦，又称为斑竹。
③湘妃：娥皇、女英，尧女舜妃。借指湘妃竹，斑竹。

题墨竹

【元】 杨 载

风味既淡泊①，颜色不斌媚②。
孤生崖谷间，有此凌云气③。

注：
①风味：趣味，风格。
②斌媚：娇媚。
③凌云：直上云霄。

竹林高士图轴

【明】 张 风

一竿两竿修竹①，五月六月清风。
何必徜徉世外②，只须啸咏林中③。

注：
①修竹：长竹。
②徜徉：徘徊闲适状。
③啸咏：歌咏。

女冠子 慈竹

【明】 王夫之

萧疏不可①，簇簇绿烟深锁。一枝枝。乳凤梳翎
细②，游鳞蜕甲迟③。　　天高难借问，风横怕
相欺。且自团圞住④，要谁知。

注：
①萧疏：清丽。不可：不堪。
②乳凤：小凤；梳翎：梳理羽毛。
③游鳞：借指竹；蜕甲：蜕掉竹笋壳。
④团圞（luán）：团结。

小重山 题斑竹白扇①

【明】 倪 谦

十二江妃白练裳②。微风吹不散，剡藤香③。斑
斑清泪洒英皇④，离魂断，金佩冷潇湘⑤。
署气正探汤⑥。堪怜一握入，手相将，翩翩凤羽，
近人翔。全凭仗，付与透襟凉。

注：
①斑竹：竹之一种，又名湘妃竹。
②江妃：传说汉江二神女；白练裳：白绢制作的裙子。
③剡藤：剡溪所产之藤，可以造纸，负有盛名。此处指白扇用剡溪藤
所造之纸制作。剡溪，水名，浙江嵊县南。
④斑斑清泪：借指斑竹；英皇：舜帝之二妃女英和娥皇的并称。
⑤金佩：襟带上饰金的佩物，借喻风竹声；潇湘：湘江。
⑥探汤：喻炎热。

浣溪沙 题瑞竹卷

【明】 周思兼

天上青鸾月下逢①，玉窗斜掩影重重②，吹箫人
在画楼中。　　间道绿阴今几许，两竿长日舞
春风③，潇湘秋色总无穷。

注：
①青鸾：古代传说中凤凰一类的神鸟。
②玉窗：窗的美称。
③两竿长日：喻竹之稀少。

黄竹子歌

【清】 申 涵

江边黄竹子，风雨夜悲鸣。
不堪截作笛①，亦有断肠声②。

注：
①笛：一种用竹制作的民间乐器。
②断肠声：喻用笛吹奏的音乐之悲哀。

责竹

【清】 田兰芳

我闻昔人言，不可居无竹。
一日少此君，顿使面貌俗。
绕舍长儿孙①，汉书亦省读②。
常思一亩宫③，辟向渭川曲④。
今夏假馆处，横窗绕寒玉。
谓可浣尘襟⑤，切磋比淇澳⑥。
面乃出入间，多见异标目⑦。
烟敛失潇洒，月来伤局促。
无实致丹山，有音殊嶰谷⑧。
似畏淇园伐，如睹湘江哭。
疑余非德邻，坐令形神辱。
不见芝兰生，无人亦芬馥。
松柏挺苍翠，曾不移寒燠⑨。
君子秉贞操，所贵在幽独。
因物有加损⑩，怪尔终碌碌。

注:
①长儿孙：借指竹。
②汉书：史书名，东汉班固撰，记西汉事。
③宫：院落。
④渭川：渭水流域，《史记》有"渭川千亩竹"语。
⑤浣：喻涤除愁闷；尘襟：世俗胸襟。
⑥淇澳：亦作"淇奥"，淇水弯曲处，产竹。
⑦标目：显扬，突出。
⑧嶰谷：昆仑山北谷名，产竹。传说黄帝使伶伦取嶰谷之竹以制乐器。
湘江哭：传说湘妃于湘江悲哭舜帝，泪洒湘江竹，竹而成斑竹。
⑨寒燠（yù）：亦作"寒奥"，指冷热。
⑩加损：增减。

题小颠墨竹

【清】 蒋廷锡

画竹不如真竹真，枝叶易似难得神。
风晴雨露皆有意，子瞻与可无其人①。
去岁辟地栽新竹，枝叶离披覆茅屋。
竹梢枯劲竿清瘦，久久可以医吾俗。
昨夜雨过月上时，壁上掩映青青枝。
张子对之无一语②，淋漓泼墨发异思。
淡烟轻雾笔底生，枝枝尽带风雨声。
移向乾明寺中挂，壁石好撰张颠名③。

注：
①子瞻：苏轼，字子瞻。北宋文学家、书画家。善画竹，为湖州竹派之一。
②张子：不详。
③张颠：张旭，唐书法家，字伯高。苏州吴州人，精草书，相传往往醉后狂书，其书更精，世称"张颠"。

庆似村一枝书屋看竹

【清】 李 棠

幽人抱劲节，读书不干禄①。
釜内虽无粮②，园中却有竹。
不惜培护勤，博此一窗绿。

不剪亦不锄，生意青郁郁。
题诗望江南，每在竹深处。
以彼万竿直，方此数茎籙③。
多寡虽不敌，苍翠自成趣。
到来生隐心，欲去频回顾。
徒倚重徘徊，此是西州路④。

注：
①干禄：南北朝时勋贵、官吏对被役使的"干"收取免役绢作为一种
额外俸给，称"干禄"，干即役人。借喻收入、金钱。
②釜：古时炊事用具。相当于现在的锅。
③籙：箘籙，竹名。
④西州路：感旧兴悲之意。《晋书·谢安传》："羊昙者，太山人，
知名士也，为安所爱重。安薨后，辍乐弥年，行不由西州路。尝因石
头大醉，扶路唱乐，不觉至州门。左右白曰：'此西州门。'昙悲感
不已，以马策扣扉，诵曹子建曰：生存华屋处，零落归山丘。恸哭而去。"
羊昙乃谢安外甥。后以"西州路"为典实，喻感旧兴悲，悼亡故人之情。

竹屋

【清】江 春

曲廊暗接隐斜栏①，数卷闲书一画竿。
不是种花先种竹，爱他时作雨声寒。

注：
①曲廊：即古代建筑中的回廊。

画 竹

【清】 金 农

雨后修篁分外青①，萧萧如在过溪亭②。
世间都是无情物，只有秋声最好听③。

注：
①修篁：修长之竹。
②萧萧：风吹竹叶发出的声响。
③秋声：秋天风雨打在竹叶之上的声音。

画竹呈包括①

【清】 郑 燮

衙斋卧听萧萧竹②，疑是民间疾苦声。
些小吾曹州县吏③，一枝一叶总关情。

注：
①包括：杭州人，曾任山东布政使，署理巡抚，称中丞。郑燮年伯。
②衙斋：县衙书房。
③些小：微小；曹：指官。

竹 石

【清】郑 燮

咬定青山不放松，立根原在破岩中①。
千磨万击还坚劲②，任尔东西南北风。

注：
①立根：扎根，生存。
②坚劲：劲健有力。

题画诗

【清】郑 燮

一节复一节，千枝攒万叶①。
我自不开花，免撩蜂与蝶②。

注：
①攒：簇聚，聚集。挂之意。
②撩：招惹。

予告归里　画竹别潍县绅士民①

【清】郑　燮

乌纱掷去不为官②，囊橐萧萧两袖寒③。
写取一枝青瘦竹，秋风江上作渔竿。

注：
①归里：返归故里，指回到扬州。
②乌纱：乌纱帽，泛指旧时官员所戴之帽。
③囊橐：布口袋；萧萧：稀疏，空荡。

笋　竹

【清】郑　燮

笋菜沿江二月新，家家厨房爨春笋①。
此身愿劈千丝篾②，织就湘帘护美人③。

注：
①爨（cuàn）：烧火煮饭；春笋：春天的竹笋。
②篾：篾条，用竹加工而成的丝条状。
③湘帘：湘竹（斑竹）制作的帘子。

为马秋玉画扇①

【清】 郑 燮

缩写修篁小扇中②，一般落落有清风。
墙东便是行庵竹③，长向君家学化工④。

注：
①马秋玉：不详。
②修篁：竹子。
③行庵：客人休息的房屋。
④化工：自然形成的工巧，喻绘画的能力很强。

历代松竹梅诗选注 **113**

为黄陵庙女道士画竹①

【清】 郑 燮

湘娥夜抱湘云哭②，杜宇鹧鸪泪相逐③。
丛篁密筱遍抽新④，碎剪春愁满江绿。
赤龙卖尽潇湘水⑤，衡山夜烧连天紫⑥。
洞庭湖渴莽尘沙⑦，惟有竹枝干不死。
竹梢露滴苍梧君，竹根竹节盘秋坟⑧。
巫娥乱入襄王梦⑨，不值一钱为贱云⑩。

注：
①黄陵庙：位湖南湘潭市北黄陵山上。
②湘娥：湘妃。尧帝之女，舜帝之妃。湘云：湘江一带之天空。
③杜宇：杜鹃鸟；鹧鸪：鸟名，形似雌雉。
④丛篁：丛竹；筱：小竹。
⑤赤龙：传说中赤色之龙；潇湘水：湘江水。
⑥衡山：山名，位湖南中部。
⑦洞庭：湖名，湖南省境内。
⑧秋坟：指湘妃墓。
⑨巫娥：巫山神女，指美女。襄王梦：传说楚襄王游高唐，梦见巫山神女。
⑩贱云：贱梦。

题兰竹石调寄一剪梅

【清】 郑 燮

几枝修竹几枝兰。不畏春残，不怕秋寒。飘飘远在碧云端，云里湘山①，梦里巫山②。　画工老兴未全删。笔也清闲，墨也斓斑③。借君莫作画图看④，文里机关，字里机关。

注：
①湘山：山名，即黄陵山，在湖南省湘潭市北，山上有湘妃墓；
②巫山：山名，重庆、湖北交界处。
③斓斑：斑斓。
④借君：请君。

篱 竹

【清】 郑 燮

一片绿阴如洗，护竹何劳荆杞①。
仍将竹作笆篱②，求人不如求己。

注：
①荆杞：荆棘和枸杞，野生灌木，带钩刺。
②笆篱：篱笆。

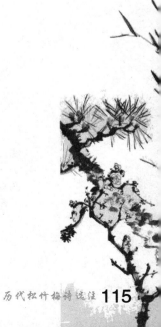

竹 雨

【清】 曹鉴冰

欲折亭亭节①，斜侵苦莫饶。
不曾留一点，惟觉韵潇潇②。

注：
①亭亭：直立貌，高洁貌。
②潇潇：清高超俗。

秋 竹

【清】 顾有容

凉露娟娟引晚风①，幽篁筛影月明中②。
窗前一样萧萧响③，添却秋声更不同。

注：
①凉露：秋夜之露。
②幽篁：幽深的竹林。
③萧萧：象声词，即风竹声。

题画竹

【清】 项絪章

年时避暑忆江乡，为爱萧萧竹一墙①。
今日移栽纨扇上②，无风无雨自生凉。

注：
①萧萧：稀疏。
②纨扇：细绢制成的团扇。

咏新竹

【清】 际 智

此君志欲擎天碧①，耸出云头高百尺。
只恐年深化作龙②，一朝飞去不留迹。

注：
①擎：向上托。天碧：碧兰天空。
②年深：时间长久。

子夜四时歌（春歌四首选其一）

【南朝】 萧 衍

兰叶始满地①，梅花已落枝。
持此可怜意②，摘以寄心知③。

注：
①兰叶：春兰。
②持此：带着。
③心知：知音，知心人。

咏早梅

【南朝】 何 逊

兔园标物序①，惊时最是梅②。
衔霜当路发，映雪拟寒开。
枝横却月观，花绕凌风台。
朝洒长门泣③，夕驻临邛杯④。
应知早飘落，故逐上春来。

注：
①兔园：汉代苑名。即汉文帝儿子梁孝王花园。此处借指梁朝建安王萧
伟的花园；标：标明，标识；物序：指各种花木随季节变化顺序而抽口、
开花、结实、凋落的顺序。
②惊时：惊破冬季时节，把春季迎来。
③长门：汉代宫殿名。即汉武帝皇后陈阿娇失宠后退居长门宫。这里借
指宫中心怀幽怨的女子。
④临邛：汉代县名。今四川省邛崃县。曾因司马相如至临邛而卓文君私
奔于他，后有借临邛指文士。

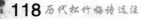

咏 梅

【南朝】 萧 绎

梅含今春树①，还临先日池②。
人怀前岁忆，花发故年枝。

注：
①含：容纳，生长。
②先日：意即怀念过去。汉书邹阳传："吾先日敢献愚计。"

春日看梅（二首选一）

【隋】 侯夫人

砌雪无消日①，卷帘时自颦②。
庭梅对我有怜意③，先露枝头一点春。

注：
①砌雪：积雪。
②颦：皱眉。
③庭梅：园中之梅。

梅花落

【唐】 杨 炯

窗外一株梅，寒花五出开①。
影随朝日远，香逐便风来。
泣对铜钩障②，愁看玉镜台③。
行人断消息，春恨几裴回④。

注：
①五出：即梅花。南朝宋武帝女寿阳公主，曾卧于含章殿下，梅花落公主额上成五出之花，拂之不去，人以为美。
②铜钩障：铜制的帷帐钩，借指帷帐。
③玉镜台：玉制的镜台。
④裴回：徘徊。

江滨梅①

【唐】 王 适

忽见寒梅树，开花汉水滨②。
不知春色早，疑是弄珠人③。

注：
①江滨梅：江边、江畔之梅。
②汉水：水名。又称汉江。源出陕西省宁强县，经陕西南部，湖北省西北部和中部，在武汉入长江。
③弄珠：玩珠。

送友人游梅湖①

【唐】 李 白

送君游梅湖，应见梅花发。
有使寄我来②，无令红芳歇。
暂行新林浦③，定醉金陵月④。
莫惜一雁书，音尘坐胡越⑤。

注：
①梅湖：湖名。在今江苏省南京市。
②有使寄我来：意取自南朝陆凯赠范晔诗："折花逢驿使，寄与陇头人。
江南无所有，聊赠一枝春。"
③新林浦：地名。在今江苏省南京市的鹭洲附近。
④金陵：今江苏省南京市。
⑤坐：以至于；胡越：古代胡在北，越在南。喻相隔很远。

早 梅

【唐】 张 谓

一树寒梅白玉条①，迥临村路傍溪桥②。
不知近水花先发，疑是经冬雪未销③。

注：
①白玉条：形容寒梅洁白如玉。
②村路：偏僻的乡村小道。
③销：消。

江 梅①

【唐】 杜 甫

梅蕊腊前破②，梅花年后多。
绝知春意好③，最奈客愁何。
雪树元同色，江风亦自波。
故园不可见，巫岫郁嵯峨④。

注：
①江梅：江边、江滨之梅。
②破：开。
③好：一作"早"。
④巫岫：长江巫峡的一座山峰。

梅 湾

【唐】 顾 况

白石盘盘磴①，清香树树梅。
山深不吟赏，姑负委苍苔②。

注：
①磴：石台阶。
②苍苔：苔藓。一种野生植物，常生长于阴暗潮湿的地方，梅树上亦
常生长。

梅 溪

【唐】 张 籍

自爱新梅好①，行寻一径斜②。
不教人扫石③，恐损落来花。

注：
①新梅：春梅。
②一径斜：一条弯弯曲曲的小路。
③石：石阶、石路。

和薛秀才寻梅花同饮见赠

【唐】 白居易

忽惊林下发寒梅，便试花前饮冷杯①。
白马走迎诗客去，红筵铺待舞人来②。
歌声怨处微微落，酒气熏时旋旋开。
若到岁寒无雨雪，犹应醉得两三回。

注：
①冷杯：冷酒。
②红筵：贵人筵或高档筵。

新栽梅

【唐】 白居易

池边新种七株梅，欲到花时点检来①。
莫怕长洲桃李妒②，今年好为使君开。

注：
①点检：清点。
②长洲：古苑名。故址在今江苏省苏州市西南，太湖北。春秋时为吴王阖闾间游猎处。晋左思《吴都赋》有"佩长洲之茂苑"句。

春日咏梅花二首

【唐】 王 初

靓妆才罢粉痕新①，递晓风回散玉尘②。
若遣有情应怅望，已兼残雪又兼春。

青帝来时值远芳③，残花残雪尚交光④。
隔年拟待春消息，得见春风已断肠。

注：
①靓妆：浓妆艳抹。
②递晓：即递日，意为一日接一日；玉尘：即玉柄尘尾。
③青帝：古代神话中的五天帝之一，是位于东方的司春之神，又称苍帝、木帝。
④交光：凋落完毕。

早 梅

【唐】 朱庆余

天然根性异，万物尽难陪。
自古承春早，严冬斗雪开。
艳寒宜雨露①，香冷隔尘埃②。
堪把依松竹③，良涂一处栽④。

注：
①艳寒：微有寒气的初春时节。
②香冷：指梅花；尘埃：喻世俗。
③依松竹：有松竹梅"岁寒三友"之称。
④良涂：比较好的土壤或地方。涂，即泥。

岸 梅①

【唐】 崔 橹

含情含怨一枝枝，斜压渔家短短篱②。
惹袖尚余香半日，向人如诉雨多时。
初开偏称雕梁画③，未落先愁玉笛吹。
行客见来无去意④，解帆烟浦为题诗⑤。

注：
①岸梅：江畔，河岸之梅。
②渔家：以打鱼为业的人家。
③偏称：一作"已入"。
④行客：在外客居之人，此处指诗人自己。
⑤解帆：打鱼归来，收船停歇；烟浦：云雾迷漫的水滨。

历代松竹梅诗选注 **125**

人日梅花病中作①

【唐】 李群玉

去年今日湘南寺②，独把寒梅愁断肠。
今年此日江边宅，卧见琼枝低压墙。
半落半开临野岸，团情团思醉韶光③。
玉鳞寂寂飞斜月④，素艳亭亭对夕阳⑤。
已被儿童苦攀折，更遭风雨损馨香。
洛阳桃李渐撩乱⑥，回首行宫春景长⑦。

注：
①人日：即农历正月初七日。宋高承《事物纪原·天生地植·人日》："东
方朔《占书》曰：岁正月一日占鸡，二日占狗，三日占羊，四日占猪，
五日占牛，六日占马，七日占人，八日占谷。"
②湘南寺：不可考。一作湘西寺。
③韶光：美好时光。
④玉鳞：喻梅花花瓣。
⑤素艳：素雅的梅枝、梅花。
⑥洛阳：今河南省洛阳市。
⑦行宫：古代京城外供帝王出行时居住的宫室。

梅 花

【唐】 来 鹄

枝枝倚栏照池水，粉薄香残恨不胜。
占得早芳何所利，与他霜雪助威棱①。

注：
①威棱：威势。

折得梅

【唐】 郑 谷

寒步江村折得梅，孤香不肯待春催。
满枝尽是愁人泪，莫媂朝来露湿来①。

注：
①莫媂（tì）：不要等待。

梅花坞①

【唐】 陆希声

冻蕊凝香色艳新，小山深坞伴幽人②。
知君有意凌寒色，差共千花一样春。

注：
①梅花坞：地名。在今江苏省宜兴县东南三十里，以盛植梅花著名。
②深坞：深处。

寒梅词

【唐】 李九龄

霜梅先拆岭头枝①，万卉千花冻不知。
留得和羹滋味在②，任他风雪苦相欺。

注：
①拆：裂开，绽放。
②和羹：配以不同调味而制成的羹汤。

早 梅

【唐】 刘元载妻

南枝向暖北枝寒，一种春风有两般①。
凭仗高楼莫吹笛②，大家留取倚阑干③。

注：
①两般：一树梅花，南枝向暖，北枝向寒。因为光照因素，暖者先开，寒者次开。故称两般，实系一样春风。
②高楼：指富贵人家、青楼馆舍等有怨愁之人的地方。
③阑干：即栏杆。

梅 花

【唐】李 煜

失却烟花主①，东君自不知②。
清香更何用，犹发去年枝。

注：
①烟花：雾霭中的花。此指梅花；烟花主：指诗人自己。
②东君：犹东家。即梅花之主人。

梅 花 吟

【唐】李 愬

平淮策骑过东来①，适遇梅花灼烁开②。
耐岁耐寒存苦节，故于冷境发枯荄③。

注：
①平淮：即淮河平原一带的统称。
②灼烁：光彩，鲜明的样子。
③枯荄（gāi）：枯枝。荄，即根。此处借用作枝。

红　梅

【唐】周　濆

如射仙人笑脸开①，肯将脂粉涴香腮②。
只因误入桃源洞③，惹得春风上面来。

注：
①射：开放。
②涴：染上之意。
③桃源：晋陶渊明有文《桃花源记》，故借此意。

好事近　和毅夫内翰梅花①

【宋】张先

月色透横枝②，短叶小花无力。北客一声长笛③，
怨江南先得。　　谁教强半腊前开，多情为春忆。
留取大家沉醉，正雨休风息。

注：
①内翰：翰林。
②横枝：指梅花。
③北宾：指北方想欣赏梅花的人。

瑞鹧鸪 红梅

【宋】 晏 殊

越娥红泪泣朝云①。越梅从此学妖嬈②。腊月初头，庾岭繁开后③，特染妍华赠世人。　　前溪昨夜深深雪。朱颜不掩天真。何时驿使西归④，寄与相思客，一枝新。报道江南别样春。

注：
①越娥：泛指南方的女子。
②越梅：泛指南国的梅花。
③庾岭：山名。即大庾岭。为五岭之一，在江西省大庾县南。岭上多梅，故又名梅岭。
④驿使：古时对传递公文、书信之人的称呼。

雪 梅（二首）

【宋】 卢梅坡

其 一
梅雪争春未肯降①，骚人阁笔费评章②。
梅须逊雪三分白，雪却输梅一段香。

其 二
有梅无雪不精神，有雪无诗俗了人。
日暮诗成天又雪，与梅并作十分春。

注：
①降：降服，相让。
②骚人：文人；评章：评论，品评。

梅 花

【宋】 王安石

墙角数枝梅，凌寒独自开①。
遥知不是雪②，为有暗香来。

注：
①凌寒：冒着严寒。
②遥知：远远看去。

采桑子 花前独占春风早

【宋】 晏几道

花前独占春风早，长爱江梅①。秀艳清杯，芳意先
愁凤管催②。　　　寻香已闲人后，此恨难裁③。
更晚须来。却恐初开胜未开。

注：
①江梅：江河滨畔之梅。
②凤管：对笙箫或笙箫之乐的美称。
③裁：消除。

红 梅（三首选一）

【宋】 苏 轼

怕愁贪睡独开迟，自恐冰容不入时。
故作小红桃杏色①，尚余孤瘦雪霜姿②。
寒心未肯随春态③，酒晕无端上玉肌④。
诗老不知梅格在⑤，更看绿叶与青枝。

注:
①桃杏色：桃花、杏花初开时的浅红色。
②孤瘦：瘦小。
③寒心：伤痛、失望之心。
④玉肌：指梅花花瓣。
⑤梅格：梅花的品格。

阮郎归 梅词

【宋】 苏 轼

暗香浮动月黄昏。堂前一树春。东风何事入西邻①。
儿家常闭门②。　　　雪肌冷，玉容真。香腮粉未匀。
折花欲寄岭头人③。江南日暮云。

注:
①西邻：诗人住所。
②儿家：指自家。
③岭头人：住在山岭之上的人，此处指诗人的友人。

王才元惠梅花三种皆妙绝戏答三首 ①

【宋】 黄庭坚

城南名士遣春来，三月乃见腊前梅。
定知锁著江南客，故放绿阴春晚回。

舍人梅坞无关锁②，携酒俗人来未曾。
旧时爱菊陶彭泽③，今作梅花树下僧。

病夫中岁屏杯杓④，百叶缃梅触拨人⑤。
拂杀官黄春有思⑥，满城桃李不能春。

注：
①王才元：不详；惠：赠送。
②梅坞：四面种满梅花的深处，喻种梅很多。
③陶彭泽：即陶渊明，东晋文学家。曾任彭泽县令，性好菊。
④中岁：中年；屏：犹抑制；杯杓：酒杯和杓子。借指饮酒。
⑤缃梅：浅黄色梅花。
⑥官黄：正黄色，此处指正黄色梅花。

满庭芳 赏梅

【宋】 秦 观

庭院余寒，帘栊清晓①，东风初破丹苞②。相逢未识，
错认是夭桃。休道寒香较晚，芳丛里、便觉孤高。
凭栏久，巡檐索笑，冷蕊向青袍。 扬州，春兴

动，主人情重，招集吟豪。信冰姿潇洒，趣在风骚。脉脉此情谁会，和羹事③、且付香醪④。归来后，湖头月淡，伫立看烟涛。

注：
①帘栊：窗帘。
②丹苞：红色花蕾。
③和羹：配以不同调味而制成的羹汤。
④香醪：美酒。

江神子　亳社观梅呈范守、秦令

【宋】　晁补之

去年初见早梅芳。一春忙。短红墙。马上不禁、花恼只颠狂。苏晋长斋犹好事①，时唤我，举离觞②。

今年春事更茫茫。浅宫妆③。断人肠。一点多情、天赐骨中香。赖有飞凫贤令尹④，同我过，小横塘。

注：
①苏晋：唐人，官太子左庶子，好饮，杜甫《饮中八仙歌》："苏晋长斋绣佛前，醉中往往爱逃禅。"长斋：指佛教徒长期坚持过午不食，此处系对苏晋的一种借称。
②离觞：离杯、酒杯。
③宫妆：宫中女子妆束。喻梅花打扮得非常好。
④飞凫：借指轻舟。

卜算子 送梅花与赵使君

【宋】 陈师道

梅岭数枝春，疏影斜临水①。不借芳华只自香，
娇面长如洗。　　还把最繁枝，过与偏怜底②。
试傍鸾台仔细看③，何似丹青里④。

注：
①疏影：疏朗的影子。
②过与：过客。
③鸾台：唐时门下省官名的一种别称。
④丹青：绘画。

玉烛新（双调） 梅花

【宋】 周邦彦

溪源新腊后。见数朵江梅，剪裁初就。晕酥砌
玉芳英嫩，故把春心轻漏。前村昨夜，想弄月、
黄昏时候。孤岸峭①，疏影横斜，浓香暗沾襟
袖。　　尊前赋与多材，问岭外风光，故人知否。
寿阳谩斗②。终不似，照水一枝清瘦。风娇雨
秀。好乱插、繁花盈首。须信道，羌管无情③，
看看又奏。

注：
①峭：陡直，高峻。
②寿阳：寿阳公主；谩：不要，莫；斗：通"抖"，拂去之意。相
传南朝宋武帝女寿阳公主，卧于含章殿檐下，梅花落公主额上成五
出之花，拂之不去，皇后留之，自后有梅花妆、寿阳妆。
③羌管：羌笛，古代的一种管乐器，因出于羌中，故名。

浣溪沙　慰圃观梅

【宋】　毛　滂

曾向瑶台月下逢①。为谁回首矮墙东。春风吹酒
退腮红。　　庚岭殷勤通远信②，梅家潇洒有仙
风。晚香都在玉杯中③。

注：
①瑶台：积雪的楼台。
②庚岭：山名。即大庾岭，为五岭之一。在江西省大庾县南，岭上多
梅，故又称梅岭。
③玉杯：酒杯。

减字木兰花　薛肇明同二侍姬至葛山
观梅　薛公会作①

【宋】　葛胜仲

葛山仙隐②。尚有余膏留旧鼎③。十里梅花。夹
道争看衮绣华。　　人间妙丽。并侍黄扉开国贵④，
僻壤孤芳。羞涩尊前不敢香。

注：
①薛肇明：不详。葛山：指葛岭。在浙江杭州西湖北岸，相传晋葛洪
在此练丹。
②仙隐：指葛洪隐居。
③余膏、旧鼎：泛指葛洪留下的旧迹旧物。
④黄扉：指丞相、三公、给事中等官位，此处指薛公官位或对其官位
的一种尊称。

蝶恋花 蜡梅①

【宋】 王安中

雪里园林玉作台，侵寒错认暗香回。
化工清气先谁得②，品格高奇是蜡梅。

词

剪蜡成梅天著意。黄色浓浓，对萼匀装缀③。
百和熏肌香旖旎④。仙裳应渍蔷薇水。　　雪径
相逢人半醉。手折低枝，拥髻云争翠。齅蕊捻
枝无限思⑤。玉真未洒梨花泪⑥。

注：
①蜡：古代年终大祭，在十二月。但腊与蜡不同，腊祭先祖，蜡祭百神。
蜡梅：即腊梅。
②化工：自然造化之精美。
③萼：花萼，萼片的总称。萼位于花的外轮，呈绿色，在花芽期有
保护花芽的作用。
④百和：即百和香，由各种香料综合而制成的香。旖旎：美好貌。
⑤齅：嗅，用鼻子闻。
⑥玉真：泛指美貌女子。

鹧鸪天

【宋】 叶梦得

十二月二十二日与许干誉赏梅①

不怕微霜点玉肌②。恨无流水照冰姿。与君著意从头看，初见今年第一枝。　　人醉后，雪消时。江南春色寄来迟。使君本是花前客③，莫怪殷情为赋诗。

注：
①许干誉：不详。
②玉肌：对梅花的一种喻称。
③使君：尊称奉命出使的人。此处系对许干誉的尊称。

次韵刘惠直梅花 ①

【宋】 王庭珪

雪压寒梢玉作容②，岭头相见又东风。
人间欲问春消息，半在竹桥溪影中。

注：
①刘惠直：不详。
②寒梢：对梅花的一种借称。

卜算子

【宋】 朱敦儒

古涧一枝梅，免被园林锁①。路远山深不怕寒，
似共春相趓②。　　幽思有谁知，托契都难可③。
独自风流独自香，明月来寻我。

注：
①免被：免去。
②趓：同躲、趍。避开之意。
③托契：彼此信赖投合。

浣溪沙（三首）

【宋】 周紫芝

今岁冬温，近腊无雪，而梅殊未放。戏作浣溪沙三叠①，
以望发奇秀。

近腊风光一半休。南枝未动北枝愁。嫦娥莫是
见人羞。　　么凤不传蓬岛信②，杜鹃空办鹤林秋。
便须千杖打梁州③。

欲醉江梅兴未休。待篘春瓮洗春愁④。不成欢绪
却成羞。　　天意若教花似雪，客情宁恨鬓如秋。
趁他何逊在扬州⑤。

无限春情不肯休。江梅未动使人愁。东昏觎得玉奴羞⑥。　　对酒情怀疑是梦，忆花天气黯如秋。唤春云梦泽南州⑦。

临江仙　梅①

【宋】 李清照

庭院深深深几许②？云窗雾阁春迟。为谁憔悴损芳姿，夜来清梦好，应是发南枝。　　玉瘦檀轻无限恨，南楼羌管休吹③。浓香吹尽又谁知，暖风迟日也④，别到杏花肥⑤。

鹧鸪天 咏红梅

【宋】 向子諲

江北江南雪未消。此花独步百花饶①。青枝可爱
难为杏，绿叶初无不是桃。　　　　多态度，足风
标②。蕊球仙子醉红潮③。绝怜竹外横斜处，似
与芗林慰寂寥④。

注：
①饶：娇艳，美好。
②风标：风度，品格。
③红潮：因害羞、醉酒或感情激动而两颊泛起的红晕。此处指粉红
的梅花。
④芗：通香。

江梅引 忆江梅

【宋】 洪 皓

天涯除馆忆江梅。几枝开？使南来，还带余杭
春信到燕台①？准拟寒英聊慰远，隔山水，应销
落，赴翘谁②？　　　　空恁遐想笑摘蕊，断回肠，
思故里。漫弹绿绮③，引《三弄》④，不觉魂飞。
更听胡笳⑤，哀怨泪沾衣。乱插繁花须异日，待
孤讽⑥，怕东风，一夜吹。

注：
①余杭：即杭州，今浙江省杭州市；燕台：相传战国时燕昭王筑，
置千金其上，宴请天下名士，故址在今河北省易县，此处借指诗人
客居的北地。

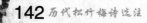

②赴愬谁：向谁倾诉；赴愬：四处相诉。
③绿绮：古琴名。
④三弄：古曲名，即《梅花三弄》。
⑤胡笳：古代北方民族的一种管乐器。
⑥孤讽：独自吟诗讽诵。

十月桃 同富季申赋梅花（二首选一）①

【宋】 李弥逊

浮云无定，任春风万点，吹上寒枝。砌外珑葱②，
暗香夜透帘帏③。闲情最宜酒伴，胜黄昏，冷月清
溪。风流谢傅④，梦到华胥⑤，长是相随。　　似
凝愁、不语谁知。芳思乱微酸，已带离离。传语
花神，任教横竹三吹⑥。枝头要看如豆，趁和羹⑦、
百卉开时，十分金蕊，先与东君，一笑相期。

注：
①富季申：姓富名直柔字季申，宋靖康初进士，高宗时累迁端明殿学士，
好诗词。
②珑葱：花木繁茂貌。
③帘帏：犹帘幕。即门窗上的帘子或帷幕。
④谢傅：晋谢安，卒时赠太傅，故称谢太傅、谢傅。能诗会文。
⑤华胥：相传黄帝梦游华胥氏之国。其国无帅长，自然而已；其民无嗜欲，
自然而已。后用以指理想的安乐和平之境，或作梦境的代称。
⑥横竹：竹笛。
⑦和羹：配有各种调味的羹汤。

西江月　赏梅

【宋】　王之道

雪后千林尚冻，城边一径微通。柳梢摇曳转东风。
来看梅花应梦。　　酒面初潮蚁绿①，歌唇半启
樱红。冰肌绰约月朦胧②。仿佛暗香浮动。

注：
①酒面初潮：因醉酒而两颊泛起的红晕，此处指粉红的梅花；蚁绿：
有浮沫的酒。
②绰约：柔婉美丽的样子。

滴滴金　梅

【宋】　孙道绚

月光飞入林前屋。风策策①，度庭竹。夜半江城
击柝声②，动寒梢栖宿。　　等闲老去年华促，
只有江梅伴幽独。梦绕夷门旧家山③，恨惊回难
续。

注：
①策策：象声词。有点凄宛漂零的音感。
②柝：俗称梆子。夜间巡夜打更所用。
③夷门：战国时大梁东门。宋时大梁称汴京，汴京东门为词人之"旧
家山"（旧居）。大梁即今河南省开封市。

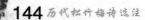

满庭芳　评梅

【宋】　葛立方

一阵清香，不知来处，元来梅已舒英①。出篱含笑，芳意为人倾。细看高标孤韵②，谁家有、别得花人。应须是，魏徵妩眉③，夷甫太鲜明④。

北枝，方半吐，水边疏影，绰约娉婷。问横空皎月，匝地寒霙⑤。何似此花清绝，凭君为、仔细推评。幽奇处，素娥⑥青女，著意为横陈⑦。

注：
①元来：即原来。
②高标：高耸，矗立。孤韵：独特的品格、风韵。
③魏徵：人名。唐初政治家，馆陶人（今河北省）官至秘书监，封郑国公。
④夷甫：宋人。姓常名秩，字夷甫，以经术著称。
⑤寒霙：寒冷的雪。
⑥素娥：淡画的蛾眉。
⑦横陈：横卧、横躺。

长相思令

【宋】　吴淑姬

烟霏霏①，雪霏霏。雪向梅花枝上堆，春从何处回！　醉眼开，睡眼开，疏影横斜安在哉②？从教塞管催③。

注：
①霏霏：迷蒙貌。
②疏影：疏朗的影子。
③塞管：羌笛。古代出于羌中的一种管乐器。

卜算子 咏梅

【宋】 朱淑真

竹里一枝斜，映带林逾静。雨后清奇画不成①，
浅水横疏影。　　吹彻小单于②，心事思重省。
拂拂风前度暗香③，月色侵花冷。

注：
①清奇：清新奇异。
②小单于：曲调名。前蜀韦庄《绥州作》诗："一曲单于暮烽起，扶
苏城上月如钩。"
③拂拂：风吹动的形态。

古梅二首

【宋】 萧德藻

湘妃危立冻蛟脊①，海月冷挂珊瑚枝②。
丑怪惊人能妩媚，断魂只有晓寒知。

百千年藓著枯树③，三两点春供老枝。
绝壁笛声那得到，只愁斜日冻蜂知④。

注：
①湘妃：娥皇，女英。尧帝之女，舜帝之妃；蛟：古代传说中的一种
龙。诗人把偃寒蟠屈的梅想象成了"冻蛟"。语出《九歌·湘夫人》"麋
何食兮庭中，蛟何为兮水裔"。
②珊瑚：由珊瑚虫分泌的石灰质骨骼聚结而成的东西，状如树枝。
③藓：苔藓。常生长于墙垣崖岩、枯树枝或阴湿的地方。
④冻蜂：冬冷季节的蜜蜂。

凤凰台上忆吹箫　再用韵咏梅花

【宋】 侯　真

浴雪精神，倚风情态，百端邀勒春还①。记卓隐、溪桥日暮，驿路泥干②。曾伴先生蕙帐③，香细细、粉瘦琼闲。伤牢落④，一夜梦回，肠断家山。空教映溪带月，供游客无情，折满雕鞍。便忘了、明窗静几⑤，笔研同欢⑥。莫向高楼喷笛⑦，花似我、蓬鬓霜斑。都休说，今夜倍觉清寒。

注：
①邀勒：强迫，迫使。
②驿路：古代专供驿使通行的道路或官路。
③蕙帐：对帐的美称。
④牢落：稀疏零落的样子。
⑤静：通"净"。
⑥笔研：意即共同吟诗作画。
⑦喷：同"吹"。

满庭芳 二色梅

【宋】 王千秋

蕊小雕琼，花明镕蜡①，天交一旦俱芳。丰臞虽异②，皆熨水沈香③。应笑粉红堕紫，初未识、调粉涂黄。凭肩处，金钿玉珥，不数寿阳妆④。

　　思量。谁比似，酥裁笋指，蜜蘸蜂房。又何须酎酒，重暖瑶觞⑤。且放侧堆金缕，骊山泠⑥、来浴温汤⑦。谁题品，青枝绿萼⑧，俱未许升堂。

注：
①花明镕蜡：喻花透明得象熔化的蜡一样。
②丰臞：茂瘦。臞：瘦小。
③沈香：沉香，香木名。置水中则沉，故曰沉香。
④寿阳妆：梅花妆。相传南朝宋武帝女寿阳公主卧于含章殿檐下，梅花落公主额上，拂之不去，皇后留之，后有人效之。
⑤瑶觞：玉杯。
⑥骊山：山名，位于陕西省临潼县南。
⑦温汤：温泉。骊山脚下有温泉，唐时太宗在此建华清宫。
⑧萼：花萼，萼片的总称。萼位于花的外轮，呈绿色，花发芽期起护花作用。

水调歌头 红梅

【宋】 曹 冠

造物巧钟赋，新腊报花期①。江梅清瘦，只是洁白逞芳姿。我欲超群绝类，故学仙家繁杏，秾艳映横枝②，朱粉腻香脸，酒晕著冰肌③。　　玉堂里④，山驿畔⑤，最希奇。谁将绛蜡笼玉⑥，香雪染胭脂。好向歌台舞榭，斗取红妆娇面，偎倚韵偏宜。羌管莫吹动⑦，风月正相知。

注：
①新腊：新一年的腊月。
②秾艳：花木茂盛而鲜艳。
③酒晕：酒后两颊泛起的红晕。
④玉堂：豪华的宅第。
⑤山驿：山上、山间的驿站。
⑥绛蜡：红色的蜡；笼玉：镶嵌上玉。
⑦羌管：古代出于羌中的一种管乐器。

梅花绝句（选五）

【宋】 陆 游

几年不到合江园①，说著当时已断魂。
只有梅花知此恨，相逢月底却无言。

当年走马锦城西②，曾为梅花醉似泥。
二十里中香不断，青羊宫到浣花溪③。

闻道梅花坼晓风④，雪堆遍满四山中。
何方可化身千亿，一树梅前一放翁⑤。

小亭终日倚栏杆，树树梅花看到残。
只怪此翁常谢客，元来不是怕春寒。

乱篸桐帽花如雪⑥，斜挂驴鞍酒满壶。
安得丹青如顾陆⑦，凭渠画我夜归图。

红梅过后到缃梅⑧，一种春风不并开。
造物无心还有意，引教日日放翁来。

注:
①合江园：园名。唐时韦皋所建，在治城东门外二江合流处（今四川省成都市）。
②锦城：锦官城，故址在今四川省成都市南，成都旧有大城、少城。少城专为掌织锦官员之官署，故得名，后用作成都别称。
③青羊宫：道教观名，唐时建立，在今四川省成都市；浣花溪：溪水名。又名濯锦江、百花潭，锦江支流，在今四川省成都市郊。
④坼：裂开，分裂。
⑤放翁：诗人自己。陆游，字务观，号放翁。
⑥乱篸：零乱穿戴；桐帽：以桐木为骨子做成的幞头。陆游《游前山》诗："平生一桐帽，自惜犯尘埃。"
⑦顾陆：即东晋顾恺之、南朝宋陆探微，均为著名画家，史称曹不兴、顾恺之、陆探微、张僧繇为六朝四大家。
⑧缃梅：浅黄色梅花。

卜算子

【宋】 陆 游

驿外断桥边①，寂寞开无主。已是黄昏独自愁，
更著风和雨②。　　　无意苦争春，一任群芳妒③。
零落成泥碾作尘，只有香如故。

注：
①驿外：驿站之外。
②更著：更增添。
③妒：忌妒。

连夕大风凌寒梅已零落殆尽三绝

【宋】 范成大

枝南枝北玉初匀，半夜颠风卷作尘①。
春梦都无三日好，一冬忙杀探梅人②。

玉雪飘零贱似泥③，惜花还记赏花时。
赏花不许轻攀折，只许家人戴一枝。

花开长恐赏花迟，花落何曾报我知。
人自多情春不管，强颜犹作送春诗。

注：
①颠风：暴风，狂风。
②探梅：寻梅，赏梅。
③玉雪：白雪。

霜天晓角 梅

【宋】 范成大

晓晴风歇,一夜春威折①。脉脉花疏天淡,云来去,数枝雪。　　胜绝,愁亦绝。此情谁共说。惟有两行低雁②,知人倚、画楼月。

注:
①春威折:春寒料峭的威力受到挫折,即春寒转而春暖。
②低雁:低飞的鸿雁。

探 梅

【宋】 杨万里

山间幽步不胜奇①,正是深夜浅暮时。
一树梅花开一朵,恼人偏在最高枝。

注:
①幽步:闲步。

叔通老友探梅得句 不鄙垂示
且有领客携壶之约 次歆为谢
聊发一笑①

【宋】 朱 熹

迎霜破雪是寒梅，何事今年独晚开。
应为花神无意管，故烦我辈著诗催。
繁英未怕随清角②，疏影谁怜蘸绿杯③。
珍重南邻诸酒伴，又寻江路觅香来。

注：
①叔通：姓宇文名虚中，字叔通，华阳人，宋大观年间进士。
②繁英：开得十分繁茂的花；清角：古琴名。
③蘸：斟酒之意；绿杯：酒杯。

题徐圣可知县所藏扬补之画①

【宋】 楼 钥

梅花屡见笔如神，松竹宁知更逼真②。
百卉千花皆面友，岁寒只见此三人③。

注：
①徐圣可：此人不详；扬补之：南宋画家，姓扬名无咎，字补之，号
逃禅老人，水墨梅最为有名。
②宁知：岂知。
③三人：指松竹梅。有"岁寒三友"之称。

153

阮郎归　客中见梅

【宋】　赵长卿

年年为客遍天涯。梦迟归路赊①。无端星月浸窗纱。
一枝寒影斜。　　肠未断，鬓先华②。新来瘦转加。
角声吹彻《小梅花》③。夜长人忆家。

注：
①赊：距离遥远。
②华：白。
③小梅花：唐时大角曲名。大角曲亦有"大单于、小单于、大梅花、
小梅花"等曲。

浣溪沙　腊梅

【宋】　赵长卿

忆为梅花醉不醒。断桥流水去无声。鹭翘沙嘴亦
多情①。　　疏影卧波波不动②，暗香浮月月微明。
高楼羌管未须横③。

注：
①鹭：鸟类。鹭科部分的通称。如苍鹭、池鹭、牛背鹭、白鹭等。
②疏影：疏朗的影子。
③羌管：古代出于羌族的一种管乐器；横：吹。

念奴娇 戏赠善作墨梅者

【宋】 辛弃疾

江南尽处，堕玉京仙子①，绝尘英秀。彩笔风流偏解写，姑射冰姿清瘦②。笑杀春工，细窥天巧，妙绝应难有。丹青图画，一时都愧凡陋。　　还似篱落孤山③，嫩寒清晓，只欠香沾袖。淡伫轻盈谁付与④，弄粉调朱纤手。疑是花神，朅来人世，占得佳名久。松篁佳韵⑤，倩君添做三友⑥。

注：
①玉京仙子：仙女。泛指美人。玉京：道家称天帝所居之处。
②姑射：代称神仙或美人。此处借喻梅花。
③孤山：山名。在浙江省杭州市西湖中，山有梅林。
④淡伫：舒和，荡漾。多形容春天的景色。
⑤松篁：松竹；篁：竹。
⑥三友：俗称松竹梅为"岁寒三友"。

最高楼 咏梅

【宋】 陈 亮

春乍透，香早暗偷传。深院落，斗清妍。紫檀枝
似流苏带①，黄金须胜辟寒钿②。更朝朝，琼树好，
笑当年。　　　花不向，沉香亭上看③；树不著，
唐昌宫里玩④。衣带水，隔风烟。铅华不御凌波处，
蛾眉淡扫至尊前。管如今，浑似了，更堪怜！

注：
①流苏带：用五彩丝织成的带饰。
②辟寒钿：用辟寒金做成的首饰。相传魏明帝时，昆明国献嗽金鸟，
不畏寒，常吐金屑如粟，宫人争以鸟所吐金为钗珥，故谓之"辟寒金"。
③沉香亭：唐时宫中亭名。
④唐昌宫：即唐昌观。在今陕西省西安市，观以唐玄宗女唐昌公主而
得名。

梅 花

【宋】 陈 亮

疏枝横玉瘦①，小萼点珠光②。
一朵忽先变，百花皆后香。
欲传春信息，不怕雪堆藏。
玉笛休三弄③，东君正主张④。

注：
①疏枝：疏朗的梅枝。
②萼：花萼、萼片的总称，萼位于花的外轮，呈绿色，花芽发时起护
花作用。
③玉笛：对笛的美称；三弄：古曲名，即"梅花三弄"。
④东君：传说中的司春之神。

 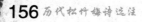

菩萨蛮　鸳鸯梅

【宋】张　镃

生前曾是风流侣。返魂却向南枝住①。疏影卧晴溪②。恰如沙暖时。　　绿窗娇插鬓。依约犹交颈③。微笑语还羞。愿郎同白头。

注：
①南枝：指梅花。
②疏影：疏朗的影子；晴溪：晴朗和暖的小溪。
③交颈：相互交织在一起。

小重山令　赋潭州红梅①

【宋】姜　夔

人绕湘皋月坠时②。斜横花树小，浸愁漪。一春幽事有谁知？东风冷，香远茜裙归③。　　鸥去昔游非。遥怜花可可，梦依依。九疑云杳断魂啼。相思血④，都沁绿筠枝⑤。

注：
①潭州：地名。今湖南省长沙市，盛产梅花，其"潭州红"被世人称道。
②湘皋：湘江岸边。
③茜裙：红裙。
④相思血：以娥皇、女英对舜帝的相思啼血成斑竹而喻诗人对爱人的思情，同时，又赞叹了梅花的美丽。
⑤绿筠枝：翠绿的竹枝。筠：竹。

昭君怨　梅花

【宋】郑　域

道是花来春未，道是雪来香异。竹外一枝斜，野人家。　　　冷落竹篱茅舍①。富贵玉堂琼榭②。两地不同栽，一般开。

注：
①竹篱茅舍：喻农家，贫困之家。
②玉堂琼榭：喻富家，贵人之家。玉堂：豪华的宅第。琼榭：华丽的亭台楼角。

菩萨蛮　野趣观梅

【宋】韩　淲

平生常为梅花醉。数枝滴滴香沾袂①。雪后月华明②。胆瓶无限清③。　　　夜深灯影瘦④。饮尽杯中酒。明日景尤新。人间都是春。

注：
①袂：衣袖。
②月华：月光，月色。
③胆瓶：长颈大腹的花瓶，因形如悬胆而得名。
④灯影瘦：喻人影瘦。

菩萨蛮 梅花句

【宋】 韩 淲

风前觅得梅花句①。香来自是相分付。片月动黄昏。一枝横酒尊②。　　人间何处有。又到春时候。莫负此诗家③。将心吟好花。

注：
①觅：思索，思考。
②酒尊：酒杯。
③诗家：诗人自己。

留春令 咏梅花

【宋】 史达祖

故人溪上，挂愁无奈①，烟梢月树。一涓春月点黄昏②，便没顿、相思处。　　曾把芳心深相许。故梦劳诗苦。闻说东风亦多情，被竹外、香留住。

注：
①挂愁：怨愁，幽愁。
②一涓春月：一条溪水，一轮明月。月：一作"水"。

悟道诗①

【宋】 某 尼

尽日寻春不见春，芒鞋踏遍陇头云②。
归来笑拈梅花嗅，春在枝头已十分。

注:
①悟道诗：此诗出自宋罗大经《鹤林玉露》，某尼以咏梅悟道，别有一番咏梅味。
②芒鞋：用芒茎外皮编织成的鞋，亦泛指草鞋；陇头：借指西北边塞。

贺新郎　咏梅用甄龙友韵①

【宋】　洪咨夔

放了孤山鹤②。向西湖③、问讯水边，嫩寒篱落。
试粉盈盈微见面，一点芳心先著。正日暮、烟轻
云薄。欲搅清香和月咽，倩冯夷④、为洗黄金杓⑤。
花向我，劝多酌。　　单于吹彻今成昨⑥。未甘渠、
琢玉为堂，把春留却。倚遍黄昏栏十二，知被儿
曹先觉⑦。更笑杀、卢仝赤脚⑧。但得东风先手在，
管绿阴、好践青青约。方寸事，两眉角。

注:
①甄龙友：其人不详。

②孤山鹤：宋人林逋隐居杭州西湖孤山，终生不娶，所居无事，种梅养鹤，故有此称。
③西湖：湖名。在今浙江省杭州市。
④冯夷：传说中的黄河之神，曰河伯。倩冯夷：应指冯夷妻，此处借指美女。
⑤黄金杓：黄金制作的酒勺。
⑥单于：曲调名。前蜀韦庄《绥州作》诗："一曲单于暮烽起，扶苏城上月如钩。"
⑦儿曹：儿辈。
⑧卢仝：其人不详。

落 梅

【宋】 刘克庄

一片能教一断肠，可堪平砌更堆墙。
飘如迁客来过岭①，坠似骚人去赴湘。
乱点莓苔多莫数②，偶粘衣袖久犹香。
东风谬掌花权柄③，却忌孤高不主张。

注：
①迁客：指遭贬斥放逐之人。
②莓苔：梅花树枝上生长的苔藓。
③谬掌：妄掌权事。

再和熊主薄梅花十绝（选四）

【宋】 刘克庄

色深乍捣守宫红，片细俄随蛱蝶风①。
到得离披无意绪，精神全在半开中。

千株绛雪照沧湾，应笑刘郎带老颜②。
尚有少年情味在，戏搜倚语续花间。

忽忆联鞍过水西③，重寻前约未参差。
只愁人议风流罪④，屡出看花数赋诗。

君忆东湖不久归⑤，我思陈迹恍难追。
殷勤为报莺花说，止有诗情似旧时。

注：
①蛱蝶：蝴蝶的一种。
②刘郎：诗人自称。
③联鞍：两人并骑而行。
④风流罪：刘克庄曾作《落梅》诗一首，其中有"东风谬掌花权柄，却忌孤高不主张"句，被言官李知孝等人指控"讪谤当国"，一再被黜，坐废十年。这就是历史上有名的"落梅诗案"，后又有《贺新郎·宋庵访梅》词，其中有句云："老子平生无他过，为梅花受取风流罪。"
⑤东湖：湖名。在今湖北省武汉市武昌东郊。

长相思　惜梅

【宋】　刘克庄

寒相催。暖相催。催了开时催谢时。丁宁花放迟①。

　　角声吹②。笛声吹③。吹了南枝吹北枝。明朝
成雪飞。

注：
①丁宁：通"叮咛"。
②角声：角为军中吹器。唐时大角曲，名《大梅花》、《小梅花》等。
③笛声：笛为传统乐器。汉时军中常用，其笛曲名有《梅花落》。

雪后梅边（十首选三）

【宋】　戴　昺

　　一枝密密一枝疏，一树亭亭一树枯①。
　　月是毛锥烟是纸②，为予写作百梅图。

　　野迳茅茨竹作墙③，岁寒曾亦几平章④。
　　高人风味天然别，不在横斜不在香。

　　春风且莫一齐开，留与山翁逐日来⑤。
　　只巩难将冰雪面，伴渠桃李并尘埃⑥。

注：
①亭亭：高竿貌。
②毛锥：毛锥子。对毛笔的别称。
③野迳：同"野径"，村野小路；茅茨：茅屋。
④平章：品评。
⑤山翁：诗人自己。
⑥伴渠：伴它。

梅 花

【宋】 张道洽

行尽荒林一径苔①，竹梢深处数枝开。
绝知南雪羞相并，欲嫁东风耻自媒。
无主野桥随月管，有根寒谷也春回②。
醉余不睡庭前地，只恐忽吹花落来③。

注：
①苔：指梅树。因梅树上常有苔藓，故有此借称。
②有根寒谷：意即有的梅树生长在寒谷，只要有根在，梅树便能生长，
并能开花，带来春天。
③花落来：相传南朝宋武帝女寿阳公主卧于含章殿檐下，梅花落在公
主额上，拂之不去，皇后留之，后人效之，称之梅花妆、寿阳妆。此
处借典以自嘲。

满江红 戊午八月十二日赋后圃早梅

【宋】 吴 潜

问信江梅，渐推出、红苞绿萼①。堪爱处，平生
怀抱，岁寒为托。瘦骨皱皮犹老硬，孤标独韵难
描摸。怕东君、压住等春来，鞭先著。   止渴
事②，风烟邈。和羹事，风波恶。想翠禽啁哳③，
笑他都错。争似花开颊醉玉④，月天更引霜天角。
便一年、强作十年人，山中乐。

①红苞：花蕾；绿萼：绿色的萼片。萼位于花的外轮，呈绿色，花发芽时起护花作用。
②止渴事：南朝宋刘义庆《世说新语·假谲》："魏武行役失汲道，军皆渴，乃令曰：'前有大梅林，饶子，甘酸可以解渴。'士卒闻之，口皆出水，乘此得及前源。"
③翠禽：翠鸟。头大，体小，嘴强而直，羽毛以翠绿色为主；啁哳：鸟叫声。形容声音烦杂而细碎。
④颓醉玉：南朝宋刘义庆《世说新语·容止》："嵇叔夜之为人也，岩岩若孤松之独立；其醉也，傀俄若玉山之将崩。"后以"醉玉颓山"形容男子风姿挺秀，酒后醉倒的风采。

汉宫春 探梅用潇洒江梅韵

【宋】方 岳

问讯何郎①，怎春风未到，却月横枝②。当年东阁诗兴，夫岂吾欺。云寒岁晚，便相逢、已负深欺。烦说与、秋崖归也，留香更待何时。　　家住江南烟雨，想疏花开遍③，野竹巴篱。遥怜水边石上，煞欠渠诗④。月壶雪瓮⑤，肯相从、舍我其谁。应自笑，生来孤峭，此心却有天知。

注：
①何郎：谁，哪一个。
②却月：只在月光下。
③疏花：疏朗的梅花。
④渠诗：此处指咏梅之诗。
⑤月壶雪瓮：盛酒的器皿。

霜天晓角　梅

【宋】 萧泰来

千霜万雪。受尽寒磨折。赖是生来瘦硬①，浑不怕、角吹彻②。　　清绝。影也别。知心惟有月。原没春风情性，如何共、海棠说③。

注：

①赖是：好在，幸是。

②角吹彻：即将"大角曲"中的《梅花落》曲子反复吹，吹到最后。

③海棠：落叶乔木，叶子椭圆形，春季开花，白色或淡红色，品种颇多，供观赏。

贺新郎　陪履斋先生沧浪看梅①

【宋】 吴文英

乔木生云气。访中兴、英雄陈迹②，暗追前事。战舰东风悭借便③，梦断神州故里。旋小筑、吴宫闲地④。华表月明归夜鹤⑤，叹当时花竹今如此。枝上露，溅清泪。　　遨头小簇行春队。步苍苔、寻幽别坞，问梅开未？重唱梅边新度曲，催发寒梢冻蕊。此心与、东君同意。后不如今今非昔，两无言、相对沧浪水。怀此恨⑥，寄残醉。

注：

①履斋先生：宋词人吴潜，曾在苏州任官，作者是他的幕客；沧浪：

即沧浪亭。在今江苏省苏州市。

②英雄陈迹：指韩世忠事迹。韩抗金名将，沧浪亭曾为韩世忠别墅。

③战舰东风：借用赤壁之战典，三国之争时，周瑜曾乘东风之便，大破曹军于赤壁，这里是反用。悭：吝惜。

④吴宫闲地：即退居苏州。

⑤华表月明归夜鹤：借丁令威化鹤归辽东的典故，喻自己因避权奸而退居之遗憾。

⑥怀此恨：指抗金事业未成，尤存遗恨。

献仙音　吊雪香亭梅①

【宋】 周 密

松雪飘寒，岭云吹冻，红破数椒春浅②。衬舞台荒③，浣妆池冷④，凄凉市朝轻换。叹花与人凋谢，依依岁华晚。　　共悽黯。问东风、几番吹梦？应惯识当年，翠屏金辇⑤。一片古今愁，但废绿平烟空远。无语消魂，对斜阳衰草泪满。又西泠残笛⑥，低送数声春怨。

注：

①雪香亭：在今浙江省杭州市西湖葛岭集芳园中，原是皇家御园，曾为宋高宗后妃所居，宋亡后荒芜。此词为宋亡后所作。

②椒：木名。即花椒，此处借指梅树发芽时其状如椒树。

③衬舞台：集芳园中台名。

④浣妆池：集芳园中池名。

⑤翠屏金辇：喻昔日皇妃所居时的豪华和南宋小朝庭的"盛况"。

⑥西泠：亦称西陵桥、西林桥。在杭州西湖孤山西北尽头。

花犯 苔梅

【宋】 王沂孙

古婵娟，苍鬟素靥①，盈盈瞰流水。断魂十里。
叹绀缕飘零②，难系离思。故山岁晚谁堪寄。琅
轩聊自倚③。谩记我、绿蓑冲雪，孤舟寒浪里。

　　三花两蕊破蒙茸④，依依似有恨，明珠轻委。
云卧稳，蓝衣正⑤、护春憔悴。罗浮梦⑥、半蟾
挂晓⑦，幺凤冷⑧、山中人乍起。又唤取、玉奴
归去⑨，余香空翠被。

注：
①苍鬟：发丝。喻苔梅的苔须如发丝状；素靥：指妇女朴素打扮的面颊。
喻梅花之美。
②绀缕：深青色的丝缕。指苔丝。
③琅轩：青竹。
④蒙茸：苔丝蓬松的样子。
⑤蓝衣：蓝色之衣。此处指梅树苔衣。
⑥罗浮梦：相传隋开皇中，赵师雄游罗浮，天寒日暮，见松林间有酒肆，
旁舍一美人素服出迎，与之共饮，醉后醒来，仍在梅花树下。后遂称
梅花梦为罗浮梦。
⑦半蟾：半边月亮。挂晓：月挂晓空，天之将明。
⑧幺凤：鸟名。又称桐花凤，羽毛五色，体型比燕子小。
⑨玉奴：即南朝齐东昏侯妃潘氏，小字玉儿，齐亡，义不受辱，自缢死后，
洁美如生。

蜡 梅①

【宋】 谢 翱

冷艳清香受雪知②，雨中谁把蜡为衣。
蜜房做就花枝色③，留得寒蜂宿不归。

注：
①蜡梅：蜡月之梅，亦即腊梅。蜡月即农历每年最后一月，蜡月祭百神。
②冷艳：指蜡梅花。
③蜜房：蜂房。

和张矩臣水墨梅五绝（选三）①

【宋】 陈与义

自读西湖处士诗②，年年临水看幽姿。
晴窗画出横斜影，绝胜前村夜雪时。

巧画无盐丑不除③，此花风韵更清殊。
从教变白能为墨，桃李依然是仆奴。

含章檐下春风面④，造化功成秋兔毫⑤。
意足不求颜色似，前身相马尤方皋⑥。

注：
①张矩臣：不详。
②西湖处士：指北宋诗人林逋，号西湖处士。
③盐：通"艳"。
④含章檐下：即含章殿檐下。相传南朝宋武帝女寿阳公主曾卧于含章殿檐下，梅花落公主额上成五出之花，拂之不去，人以为美。
⑤秋兔毫：毛笔。用秋天兔毫制作而成的毛笔。
⑥方皋：即九方皋。善相马，他的相马观点："得其精而忘其麤，在其内而忘其外。"

不见梅花六言

【宋】 陈与义

荆楚岁时经尽①，今年不见梅花。
想得苍烟玉立②，都藏江山人家③。

注：
①荆楚：指今湖北省、湖南省一带；岁时：年末。
②苍烟：苍茫的云雾，指梅树周围的环境；玉立：指亭亭玉立的梅树。
③江山：江南。

观梅有感

【元】 刘 因

东风吹落战尘沙①，梦想西湖处士家②。
只恐江南春意减，此心元不为梅花③。

注：
①战尘沙：指当时社会不太安宁。时正值改朝更代，战乱频起。
②西湖处士：北宋诗人林逋，号西湖处士，住杭州西湖孤山，终身以梅、
鹤为伴。
③元不为梅花：本来不为梅花，而有别意。元：通"原"。

梅花

【元】 王 冕

三月东风吹雪消①，湖南山色翠如浇。
一声羌管无人见②，无数梅花落野桥③。

注：
①东风：春风。
②羌管：羌笛。出于羌中的一种管乐器，其曲有《梅花落》。
③野桥：小桥。

墨 梅①

【元】 王 冕

我家洗砚池头树②，朵朵花开淡墨痕。
不要人夸好颜色，只留清气满乾坤。

注：
①墨梅：用水墨画成的梅花，不着彩色。
②池：洗笔砚的池塘。晋代书法家王羲之有洗砚池，因王冕与其同姓，
故称"我家"。

梅花屋①

【元】 王 冕

荒苔丛筱路萦回②，绕涧新栽百树梅。
花落不随流水去，鹤归常带白云来。
买山自得居山趣，处世浑无济世材。
昨夜月明天似洗。啸歌行上读书台③。

注：
①梅花屋：诗人在九里山隐居时的居室。因周围种有梅花上千，故自题为"梅花屋"。
②丛筱：丛竹。筱：小竹。
③啸歌：长啸歌吟。

梅花（九首选一）

【元】 高 启

琼姿只合在瑶台①，谁向江南处处栽。
雪满山中高士卧②，月明林下美人来③。
寒依疏影萧萧竹，春掩残香漠漠苔④。
自去何郎无好咏，东风愁寂几回开。

注：
①琼姿：美好的丰姿，此处指梅花；瑶台：指雕饰华丽的楼台，此处指富贵人家的庭院。
②高士：隐居之人，此处喻诗人自己。
③美人来：相传隋开皇中，赵师雄游罗浮，天寒日暮，见松林间有酒肆，旁舍一美人素服出迎，与之共饮，醉后醒来，乃卧于梅花树下。此处引以为美事。
④漠漠苔：很茂密的苔藓。

题画梅

【元】 管道升

雪后琼枝懒①，霜中玉蕊寒②。
前村留不得，移入月中看③。

注：
①琼枝：玉树之枝。喻梅枝很美。
②玉蕊寒：指霜雪中洁白如玉的梅花蕊。
③月中看：月光下欣赏。

题画墨梅

【元】 陶宗仪

明月孤山处士家①，湖光寒浸玉横斜②。
似将篆籀纵横笔③，铁线圈成个个花④。

注：
①孤山处士：指北宋诗人林逋，隐居杭州西湖孤山，好梅与鹤。
②玉横斜：指梅花生长得神韵十足。
③篆籀：泛称古代的篆字体。籀即大篆；纵横笔：书写篆体的笔法。
④铁线：喻画出的梅花线条质量高，干净利索，赋有神韵，瘦挺如铁。

宋徽宗画半开梅

【明】 赵友同

上皇朝罢酒初酣①，写出梅花蕊半含。
惆怅汴宫春去也②，一枝流落到江南。

注：
①上皇：太上皇。宋徽宗即赵佶，北宋书画家，在位二十五年，后传位
于赵桓（宋钦宗）。自称"太上皇"。靖康二年与钦宗等被金兵俘虏，
死于五国城之越黠（今黑龙江依兰）。
②汴宫：汴京宫殿。时为北宋京城，现河南省开封市。

梅花落

【明】 薛 瑄

檐外双梅树，庭前昨夜风。
不知何处笛①，并起一声中②。

注：
①笛：笛声。指羌笛，其曲有《梅花落》。
②并起：梅花突然绽放。

早 梅

【明】 道 源

万树寒无色①，南枝独有花②。
香闻流水处，影落野人家。

注：
①无色：没有生机。
②南枝：向南的梅枝。因气候因素，形成南阳北阴，其南枝自然先开于
北枝，故"南枝独有花"。

长相思 探梅

【明】 陈如纶

开一枝，谢一枝，莫怪逋翁探得迟①，春光暗里移。
　　开有期，谢有期，昨日花丛今日稀，又是惜
花时。

注：
①逋翁：林逋。北宋诗人，隐居杭州西湖孤山，终身以梅与鹤为伴。

浣溪沙 丙午十二月碧鸡关路傍梅

【明】 杨 慎

为访寒梅过野塘，一枝斜出宋家墙①，团情团思
媚韶光②。　　游女弄珠临汉水③。画师绰绰学
吴妆④。新词休咏旧昏黄。

注：
①宋家墙：宋时建造或宋姓人家的墙垣。
②韶光：春光。
③汉水：水名，又称汉江，源出陕西省宁强县，经陕西西南部、湖北省
西北部和中部，在武汉入长江。
④吴妆：亦作"吴装"，指中国画的一种淡着色风格，相传始于唐吴
道子的人物画，故名。

王元章倒枝画梅①

【明】 徐 渭

皓态孤芳压俗姿②，不堪复写拂云枝③。
从来万事嫌高格④，莫怪梅花着地垂。

注：
①王元章：王冕。元末画家、诗人，字元章，号煮石山农，诸暨（今浙江）
人。
②皓态：梅花洁白的姿态。
③拂云枝：高而向上的枝干。
④高格：高尚的品格，此处是一种讽语。

小桃红 睹落梅有感

【明】 李 渔

一瞬西风恶。几阵梅花落。落尽梅花，尚愁梅蕊，倩谁牢缚①。纵开时难，释几天愁，愁把春担阁。

老去情无讬②。止靠花行乐③。我不怜花，倩谁怜我，终身萧索。忆当年，愁病有人医④，不仗花为药。

注：
①倩：请，恳求。
②讬：通"托"。寄托之意。
③止：通"只"。
④愁病：忧愁、心头之病。

鹊桥仙 咏梅影（三首选二）

【明】 易震吉

共他相笑，焰他偏好①，最爱当头一个。疏枝冷
蕊上窗来，这薄纸、愁他触破。　　铅华无染②，
丰姿非乏③，何故清癯太过④。问渠不语倍伤神，
岂受了、云寒雪饿。

又

粉墙如蝠⑤，夜蟾如墨⑥，淡写数枝而已。细看方
认是梅花。墙面上、棱棱瘦矣⑦。　　孤灯刚灭，
三更初报，移却清光那里。横斜又在小窗纱，要
斗帐⑧、玉人惊走。

注：
①焰：同"照"。
②铅华：比喻梅花十分美丽。
③非乏：特殊，很美。
④清癯：清瘦。
⑤蝠：蝙蝠。哺乳动物，其色粉灰。
⑥夜蟾：蟾蜍。两栖动物，俗称癞哈蟆，其背部多呈黑绿色。
⑦棱棱瘦：特别干瘦，瘦出棱角。
⑧帐：帷帐。

历代松竹梅诗选注

长相思 赏梅作 （集词调名①）

【明】 魏 称

玉交枝。雪中梅。那用村里迓鼓催②。春从天上来。

宴春台，醉蓬莱③。一曲太平歌壮哉。后庭花漫开。

注：
①所集词调名有：春从天上来、宴春台、醉蓬莱、后庭花。
②迓鼓：宋元时民间乐曲名，因官府有衙鼓，民间效其节奏，讹作迓鼓。
③蓬莱：蓬莱山。位山东省，神山名，相传为仙人所居。

画 梅 （二首选一）

【明】 陈道复

梅花得意占群芳①，雪后追寻笑我忙②。
折取一枝悬竹杖③，归来随路有清香。

注：
①占群芳：占据百花之首。
②追寻：指寻找梅花。
③悬竹杖：悬挂在用竹制作的拐杖上。

玉楼春

【清】 郑文焯

梅花过了仍风雨①，著意伤春天不许。西园词酒
去年同，别是一番惆怅处。　　　一枝照水浑无语，
日见花飞随水去。断红还逐晚潮回②，相映枝头
红更苦③。

注：
①梅花过了：即春天过了。因古人历来有"天涯也有江南信,梅破知春近"
（黄庭坚句）。
②断红：落红，落梅。
③红更苦：喻未谢之花见到已谢之花，想到自己将来的命运，故有此叹。

题徐道力壁上墨梅①

【清】 谈 迁

狞龙蜿蜒几千尺②，下挟风雷喷四壁。
天公激怒醒长梦，左耳割入华阳洞③。
怨血流腥涌墨云，枯鳞脱尽三江冻④。
苍髯笔笔皱莓苔⑤，寒冰尽裂横飞来。
长风万里吹不落，羌笛关山易萧索⑥。

注：
①徐道力：不详。
②狞龙蜿蜒：形容墨梅的枝杆画得苍劲有力。
③华阳洞：传说中神仙所居的洞府。旧题唐柳宗元《龙城录·华阳洞小儿化为龙》："茅山隐士吴绰，素擅洁誉。神凤初因采药于华阳洞口，见一小儿，手把大珠三颗，其色莹然，戏于松下。绰见之……儿䠊忙入洞中，绰恐为虎所害，遂连呼，相从入，欲救之，行不三十步，见儿化作龙形，一手握三珠，填左耳中。绰素刚胆，以药斧斫之，落左耳，而三珠已失所在，龙亦不见。"
④三江：对当地众多水道的总称。
⑤皴：皴法。中国画的一种技法。主要表现树身的脉络纹理。
⑥羌笛：出于羌中的一种管乐。其曲名有《梅花落》。

梅花落

【清】李 谟

春风吹明月，夜落梅花里。
相对两忘言①，清香淡如水。

注：
①忘言：无言。

西园梅花下得句

【清】 吴颖芳

一鸟唱晴色，西园花乱开。
诗成向天笑，酒熟无人来。
挂帽紫筠竹①，横琴白石台。
胸中千古意，写作松风哀②。

注：
①紫筠竹：紫色的斑竹。筠竹即斑竹。
②松风哀：松风曲，古琴曲名。也是《风入松》曲名的别称。

题寒梅图

【清】 罗泽南

冉冉寒香渡水涯①，溪南溪北影横斜。
含情最耐风霜苦，不作人间第二花。

注：
①冉冉：逐渐，渐近的样子。

埽梅①

【清】 何玉瑛

梅花片片白无瑕，吹落阶前雪点斜。
未忍和苔黏履迹②，月明携帚埽瑶华③。

注:
①埽梅：扫梅。埽同"扫"。
②黏履迹：沾到了行人走过的地方。
③瑶华：玉白色的花。此处指白色的梅花。

题画梅①

【清】 李方膺

挥毫落纸墨痕新②，几点梅花最可人。
愿借天风吹得远，家家门巷尽成春。

天生懒骨无如我，画到梅花便不同。
最爱新枝长且直，不知屈曲向东风③。

写梅未必合时宜④，莫怪花前落墨迟。
触目横斜千万朵，赏心只有三两枝。

注:
①题画梅：此三首非题在一件作品上，而只是题目相同，故一起列出。
②毫：毛笔；墨痕新：刚画上去的梅花。
③向东风：讽喻讨好。
④时宜：时代，世风，时尚等。

梅（十章选三）

【清】 秋 瑾

本是瑶台第一枝①，谪来尘世具芳姿②。
如何不遇林和靖③，飘泊天涯更水涯。

漫劳江北忆江南，淡泊由来分已甘。
吟得百花头上句，又同霜雪斗春醲④。

冰姿不怕霜雪侵，羞傍琼楼傍古岑。
标格原因独立好⑤，肯教富贵负初心。

注：
①瑶台：指华丽的楼台。
②谪来：贬落之意。
③林和靖：林逋，北宋诗人，隐居杭州西湖孤山，好梅与鹤。
④醲：香，香气。
⑤标格：高雅、高尚的品格。

梅

【清】 秋 瑾

开遍江南品最高，数枝庾岭占花朝①。
清香犹有名人赏，不与夭桃一例娇②。

注：
①庾岭：山名。即大庾岭，为五岭之一。在今江西省大庾县南，岭上多梅，
又名梅岭。
②一例娇：一样娇嫩，妖姚。

后 记

　　1997 年我正在南京陆军指挥学院学习，这一年可说是我已经过去的时光中读书最多，精力也最为集中的一年，因为我的任务就是读书，而且是没有一点精神负担和生活压力的读书。

　　这年秋天，我买了几本类诗，有《中国历代田园诗选》《中国历代禅诗选》等，却突然发现没有关于松竹梅的诗选，遂产生了一个念头，何不也来选编一本《历代松竹梅诗选》？庚即到学校图书馆查找这方面资料，结果真的如我所料，除明国初年出版过一本松竹梅方面的类诗选外，再没有这方面的类诗出版，虽然那本已经出版了的松竹梅诗选我没有找到原书，但据介绍也仅仅只有几十页，我想也不过百来首诗吧。遂更坚定了选编这本集子的信心。

　　1998 年盛夏，陕西关中的天气大热，我们一家三口住在一套仅有三十来平米的房间，书房与卧室挤在一起，没有空调，大汗淋漓中我开始了这本集子的编辑。

　　我喜爱藏书，又喜欢诗词，所以一开始收集资料就从我的藏书中找起，工作之余整块整块的时间都用在这上面，艰难地从书柜的里层找出这个人的诗集，又搭着凳子从书柜的顶层找出另一个朝代的集子，有时为了找到一本需要参考的书甚至要花去一两个小时，到后来真有点找烦了的感觉。家里没有电脑，全靠手抄，半年下来第一次资料收集完毕，得诗词近 800 首，抄写了三大本稿子。遂又从中选出 319 首，作为注释和介绍给大家的对象。

　　所选的这些诗词，主要是一些通俗易懂的内容，语言大众化，用典不太多，描写的内容也容易接受，总之简短而又好读。其目的只是想传递松竹梅这样一个主题，并非是一个专业的研究。所以，一般读者都能接受。

前前后后我用了六年时间，想为这本集子作一些注释工作，以便于更多的读者阅读，直到 2003 年 5 月才结束。我虽然尽了一些力量，但我深深地知道，这些注释有的还很不准确，有的还存在这样那样的错误，希望读者批评指正。

　　本来这本集子六年前都弄好了的，但由于没有出版精力，故一直放在书柜里。由于近年来仍没有发现这类书的出版，才又燃起了印行这本集子的想法。我知道我并不是一个古典诗词的专业者，只是凭了一种爱好做了这些工作，权当为读者在紧张的生活之余提供一种消遣的方式吧。

编 者

2009 年 11 月 28 日